目次

木霊《こだま》燃ゆ──北風侍《さむらい》 寒九郎5

『木霊《こだま》燃ゆ——北風侍寒九郎5』の主な登場人物

北風《きたかぜ》(鹿取《かとり》)寒九郎《かんくろう》…藩の内紛で父を殺され江戸へ逃れた。満を持し再び故郷津軽《つがる》を目指す若者。

鹿取真之助《かとりしんのすけ》……津軽藩士、寒九郎の父。物頭《ものがしら》として若手の家老、杉山寅之助《すぎやまとらのすけ》に仕えていた。

草間大介《くさまだいすけ》………鹿取真之助が信頼していた近侍。津軽藩の道場でも屈指の腕前。

武田作之介《たけださくのすけ》………直参旗本小姓組組頭。寒九郎の叔母、早苗《さなえ》を娶った。

武田由比進《たけだゆいのしん》………武田作之介の長男。従兄弟《いとこ》の寒九郎を助けるべく出奔《しゅっぽん》し津軽に向かう。

吉住大吾郎《よしずみだいごろう》………武田家若党吉住敬之助《よしずみけいのすけ》の倅。大門《だいもん》道場の一番弟子。由比進と津軽へ向かう。

谺仙之助《こだませんのすけ》　………寒九郎の祖父。秋田藩の剣術指南として谺一刀流を開き天下に名を馳せる。

菊恵《きくえ》…………谺仙之助の娘。鹿取真之助に嫁し寒九郎を産む。武田早苗の実姉。

安日皇子《あびおうじ》………大和《ヤマト》朝廷と闘った安日彦《あびひこ》の子孫。父の志を継ぎアラハバキ皇国再興を図る。

風姫《レラ》…………安日皇子の美しい娘。寒九郎の旅に半ば強引に加わった。

鳥越信之介《とりごえしんのすけ》………北辰一刀流お玉が池道場の門弟筆頭。田沼意次《たぬまおきつぐ》の秘命を受け津軽へ入る。

灘仁衛門《なだじんえもん》………鹿島夢想流棒術の遣い手。恩人の密命を帯び故郷、津軽の地に戻る。

笠間次郎衛門《かさまじろうえもん》……大目付の命《めい》で寒九郎を狙う男。柳生新陰流の遣い手。津軽藩要路とも繋がる。

大門甚兵衛《だいもんじんべえ》………柔術、拳法、棒術、杖術《じょうじゅつ》など体術の『起倒流大門道場』道場主。

橘左近《たちばなさこん》…………若き日に大門甚兵衛とともに谺仙之助と交流を持っていた明徳道場の師範。

第一章　風姫《レラ》が駆ける

一

月影が庭の池に揺らめいた。

涼しい風がそよぎ、築山《つきやま》の松の葉が身動《みじろ》いでいる。

鹿威《ししおど》しが石の台座を叩き、甲高い音を立てて静寂を破った。

燭台の蠟燭《ろうそく》の炎がかすかに揺れた。

田沼意次《たぬまおきつぐ》は机の上に開いた書物から目を上げた。

「誰だ？」

濡れ縁の前に黒い人影が片膝立ちして座っていた。

「殿、半蔵《はんぞう》にございます」

影がくぐもった声で答えた。

「半蔵か。津軽《つがる》から戻ったのか？」

「はい。ただいま戻りました」

「首尾は？」

「順調にございます」

「そうか」

田沼意次は満足げにうなずいた。

順調に進んでいるということは、次の段階に入ったことになる。上様《うえさま》に御決断願わねばなるまい。御上《おかみ》を味方につけたら、松平定信《まつだいらさだのぶ》がどうするか見物《みもの》だ。

田沼は自然に顔が綻《ほころ》ぶのを覚えた。

まだ油断は出来ない。いや、これからが正念場なのだ。これまで積み上げて来た営為も、蟻《あり》の一穴《いっけつ》で一挙に崩壊することもある。

「殿、お知らせしたきことがございます」

「何だ？」

「北風寒九郎《きたかぜかんくろう》は、いよいよ、祖父谺仙之助《こだませんのすけ》に会おうと十三湊《とさみなと》を出、さらに陸路小泊《こどまり》に向かいました。いまごろ、小泊の山中で祖父に会う手立てをしているものと思われます」

「そうか。それで鳥越信之介《とりごえしんのすけ》は、いまいずこに？」

「鳥越信之介は北前船《きたまえぶね》にて、十三湊に向かったとのことです。天候さえよければ、明日か明後日には十三湊に入るかと」

「うむ。鳥越信之介には、ようく因果を含めてあるだろうのう？」

「はい。信之介には殿の御意向を十二分に伝えてあります」

「よし。それでいい。ところで大目付が放った刺客《しかく》は？」

「笠間次郎衛門《かさまじろうえもん》は馬を駆って弘前《ひろさき》城下に入ったとのことです」

「早いな。笠間次郎衛門のほかにも、刺客がおったな」

「はい。灘仁衛門《なだじんえもん》にございますな」

「灘仁衛門はどこにいる？」

「残念ながら失尾《しつび》しました」

「追尾《ついび》に失敗したというのか？」

「はい、我が手の者が白神《しらかみ》山地に入るところまでは追尾したものの、そこから先は断念しました」

「そうか。白神は灘仁衛門の郷里だったな。土地をよく存じておるのだろう」

「さようで。ですが、ご安心ください。仁衛門は、いずれ森を出て参ります。出口は限られております。張り込んでいれば、必ず追うことは出来ましょう」

「いずれ、灘仁衛門も寒九郎を付け狙うのだろうからな。その時まで待ってもいい」

田沼はかすかに笑った。半蔵は続けた。

「いま一つお知らせいたします。新たにもう一人刺客が増えました」

「ほう。誰だ？」

「江上剛介《えがみごうすけ》にございます。ご存じかと」

「うむ。存じておる。奉納仕合いで勝ち残った剣士だな。誰の下命《かめい》だ？」

「それが、御上が御下命なさったと聞きましたが」

「なに？　御上が御下命なさったと？　わしは聞いておらぬぞ。いかなことだ？」

「殿がご存じないと申されますか？」

「うむ。知らぬ」

「……お調べいたしましょうか？」

「調べろ。御上の名を騙《かた》る者がいるやも知れぬ。江上剛介の動きも逐一報告しろ」

「はい。畏《かしこ》まりました。ところで、もう一つ、動きがございます」

「なんだ？」

「寒九郎を匿《かくま》っていた武田作之介《たけださくのすけ》の息子由比進《ゆいのしん》が家を出奔《しゅっぽん》し、寒九郎を追ったとのことです」

「ほほう？　何をしようというのだ？」

「由比進は寒九郎の従兄《いとこ》にあたるそうで、従弟の寒九郎を助けに行くといっていたそうでございます」

「そうか。それはなにより。半蔵、寒九郎のみならず由比進についても、それとなく助けてやれ。由比進はいずれ役に立つかも知れない」

「分かりました。なお、由比進は供侍《ともざむらい》の吉住大吾郎《よしずみだいごろう》を従えているとのこと」

「供侍の吉住大吾郎？」

「はい。大吾郎は起倒流《きとうりゅう》師範の大門甚兵衛《だいもんじんべえ》の一番弟子にございます。かなりの遣い手でございます」

「さようか。これはおもしろうなったな」

「では……」

鹿威しが、甲高い音を立てた。

その音とともに黒い影は庭先から吹き消すように見えなくなった。

月影が雲間から現われ、庭を照らした。

どこかで杜鵑《ほととぎす》の鳴く声が響いた。

田沼意次は、再び机の上の書物に目を落とした。

二

緑の森が開け、小高い山並みの峠に差しかかっていた。

武田由比進は愛馬春風《しゅんぷう》の背から腰を浮かせ、伸び上がった。白河《しらかわ》の関《せき》を越え、陸奥《むつ》へ続く奥州《おうしゅう》街道に入った。目の前には新緑に炎えた奥州の山々が連なっている。

ここから先は峠の下り坂となり、森の中の細道を下って行く。森の外《はず》れに藁葺《わらぶ》きの農家の屋根が見えた。

「さあ、行け。歩け」

後ろから大吾郎の馬を急《せ》かす声が聞こえた。

由比進は手綱《たづな》を引いて春風の足を止めた。

「勝蔵《かつぞう》、行け。行くんだ」

大吾郎が乗った勝蔵は脚《あし》を止め、のんびりと首を伸ばし、道端の雑草を食《は》もうとした。

大吾郎は大声で叱咤し、手綱を引いて馬の顔を上げた。脇腹を蹴って前に進ませようとする。

「行け。勝蔵、歩けったら歩くんだ」

勝蔵は由比進が馬廻り組の相馬泰助《そうまたいすけ》に頼み、内緒で初心者でも騎《の》りこなせる大人しい馬として譲ってもらった馬だった。馬齢二十三歳の老牡馬だ。廃馬寸前だったが、相馬泰助が初心者用としてならまだ使えると飼っていた馬だ。かつては美しい真っ黒な毛並みの黒駒だったが、いまは白髪が大半を占める斑《まだら》模様の灰色駒になっていた。性格も老齢になったせいか、昔よりは大人しくなり、御《ぎょ》し易《やす》い。だが、歳《とし》の分だけ狡《こう》猾《かつ》になり、初心者や下手《へた》な乗り手を馬鹿にするようになった。

「勝蔵、いい子だから、歩いてくれよ。頼む」

泣きそうな大吾郎の声に、ようやく勝蔵は草を食むのをやめ、とぼとぼと由比進の春風に追い付くように常歩《なみあし》で歩き出す。

「おう、よしよし」

大吾郎は勝蔵の首筋を撫でた。

由比進は馬上で振り向きながら、笑った。

「大吾郎、そうだ、その調子だ。だいぶ乗馬が上手になったな」

「しかし、こいつ、年寄りなのになかなか元気だな。おれのいうことをあまり聞かん」

大吾郎はぼやいた。

「さあ、行くぞ」

大吾郎は両足の鐙《あぶみ》で勝蔵の脇腹を蹴った。突然、勝蔵はいななき、後ろ肢立ちになり、大吾郎を振り落とそうとした。

大吾郎は素早く勝蔵の背から飛び降りた。だが、勝蔵の手綱《たづな》は離さなかった。離せば、勝蔵は放馬して疾駆する。これまで勝蔵が何度も繰り返した手だ。放馬になると、勝蔵はなかなか捕まらない。何度もそうされるうちに大吾郎も懲《こ》り、落馬しても容易には手綱を離さないことが身に付いた。

「どうどう。勝蔵、もう、その手は食わぬぞ。大人しく、おれのいうことをきけ」

大吾郎は勝蔵の鬣《たてがみ》を掴み、またひらりと鞍《くら》に飛び乗った。勝蔵は身動《みじろ》いだが、走り出しはしなかった。

「大吾郎、文句をいうな。馬に乗れるだけでも役得だと思え」

「やっぱり、おれのような下士《かし》は徒歩で行くのがお似合いということかな」

「弱音を吐くな。おれたちだって、子どものころから馬に親しんで乗っていたから、自由に操れるんだ。馬に乗ったこともない素人《しろうと》が、最初から上手《うま》く馬に乗れるわけがない。習うよりも、まずは馬に慣れろだ」

「しかし、上士《じょうし》は上士だからな。初めから習いごとも違う。馬はおれたち下士向きではないいな」

大吾郎のような下級武士の供侍は、本来乗馬が許されない。しかし、遠い津軽への旅である。由比進は馬で行けるが、馬に乗れない大吾郎は全行程が徒歩になる。いくら徒歩で軀《からだ》を鍛えている大吾郎とはいえ、馬の速度にはかなわない。

大吾郎は、そんな身分の違いや式目《しきもく》なんぞ、クソ食らえとばかりに馬に乗ることを決めたのだった。馬に乗ってしまえば、上士も下士もないはずだと。

「ははは。大吾郎、泣き言をいうな。いまの時代、野盗山賊でさえも、馬を駆って悪さをしているんだぞ。サムライともあろう者が馬に乗れないで、どうする」

「ううむ。といわれてもなあ」

大吾郎はため息を吐《つ》き、また首を伸ばして草を食む勝蔵の首筋を撫でた。

「陸奥には急ぎ旅、一日でも早く津軽に行くには馬が一番といったのは、大吾郎、おまえじゃないか。いまさら文句をいうな。男らしくない」

「まあ、それはそうだが」

大吾郎は頭を掻き、気を取り直した。

由比進は大吾郎に声をかけ、両の鐙で春風の横腹を蹴った。瞬時に春風は反応し、坂を駈歩《かけあし》で下りはじめた。

「勝蔵、行くぞ」

大吾郎も由比進の後を追って勝蔵を走らせた。今度は勝蔵も素直に春風の後を追って走り出した。

大吾郎は由比進と馬の轡《くつわ》を並べた。勝蔵は大人しく春風と歩調を合わせている。

「ところで、由比進、寒九郎を探すといっても、津軽のどこへ行けばいいのだ？」

「母上の話では、弘前城下にかつての寒九郎の実家や鹿取《かとり》家の菩提寺《ぼだいじ》がある。寒九郎はきっと実家や菩提寺を訪ねているはずだ。そこへ行けば、誰かがきっと寒九郎の居所や行き先を知っているはず。だから、まずは弘前城下をめざす」

「なるほど。それはそうとして、おれには、なぜ、寒九郎が津軽藩から命を狙われているのか、よく事情が分からぬ。由比進は存じておるのか？」

「正直いって、それがしも、よう分からぬ。ただ、津軽藩に内紛があり、寒九郎の父鹿取真之助《しんのすけ》殿が一方の旗頭だったらしい。それで、親子揃って、敵対する派閥から命を狙われているらしいのだ」

「敵対する派閥の連中は、寒九郎の祖父である谺仙之助様の命も狙っているそうだな。橘《たちばな》左近《さこん》様や大門先生のお話を聞いても、そのあたりの事情が、おれにはまだ飲み込めないでいる」

「谺仙之助様はそれがしの祖父でもある。母上の父上だからな」

「あ、そうであったな。おぬしも、祖父がなぜ、命が狙われるのか、存じておらぬのだな」

「うむ。寒九郎に会えさえすれば、きっとそのあたりの事情が分かるはずだ」

由比進は轡を並べて歩く大吾郎の馬勝蔵に目をやった。どうやら、勝蔵は大吾郎と気が合いそうに見えた。

坂道は終わり、二人は棚田の畔道《あぜみち》に入っていた。水を張った田圃《たんぼ》で苗を植える百姓たちの姿があった。大人たちに混じり、子どもたちも甲斐甲斐しく苗を運んだり、田植えの手伝いをしている。

道はやがて数戸の農家が集まった村落に入って行く。農家の庭先では、山羊《やぎ》が草を食んだり、放し飼いされた鶏たちが餌を漁《あさ》って啄《ついば》んでいた。

庄屋らしい大農家の縁側で、陽なたぼっこをしている老婆とお茶を飲みながら話し込んでいる旅姿の侍《さむらい》がいた。侍は一文字笠《いちもんじがさ》を被《かぶ》っている。

由比進は通りすがりに、ふと侍に目を止めた。侍も由比進と目が合うと、一文字笠の端《はし》を上げ、頭を下げて目礼した。由比進も侍に一礼を返した。侍は由比進から目を逸《そ》らし、また老婆との話に戻った。

「由比進、知り合いか？」

「いや、知らぬ人だ」

「先刻、白河の関で見かけた侍だった」

「さようか？　気付かなんだ」

「たしかに、おれたちの先に関所を抜けた侍だ。間違いない」

大吾郎は馬上で振り向き、侍を目で追った。

由比進も振り返った。

侍は縁側から立ち上がり、庄屋の納屋《なや》に向かって歩いている。納屋の戸口から焦茶色の毛の馬が顔を出した。

「ほう。あの侍も馬で旅をしているらしいな」

侍は納屋の前で懐に手をやった。懐から白い物を取り出すのが見えた。

大吾郎が訝《いぶか》った。

「いったい、何者かな」

「あの旅装からすると、おそらくどこかの藩の役人だろう」

由比進は前を向き、春風を常歩に変えた。大吾郎も後ろを振り向き振り向きしながら、勝蔵を常歩にさせた。

「由比進、あれを見ろ」

「なんだ？」

由比進は馬上で振り返った。

天空に二羽の白い鳩が舞い上がった。二羽の鳩は、ゆっくりと由比進と大吾郎の頭上に弧を描いて飛び、やがて、南の方角に向かって飛び去った。

「伝書鳩《でんしょばと》ではないか？」

「うむ」

由比進は大吾郎と顔を見合わせた。

あの侍が放った伝書鳩か？

侍は一人佇《たたず》み、鳩が飛び去った空を眺めていた。

三

江戸城本丸の奥の間は人気《ひとけ》なく静まり返っていた。ずらりと並んだ燭台の上で、大蠟燭が明るい炎を立てていた。

武田作之介は、控えの間にじっと正座し、呼び出しを待ち受けていた。

突然の老中田沼意次様からのお召しだった。

何か、お咎《とが》めか？

しかし、作之介は何も思い当たるところはなかった。

もしや、部下の小姓組の誰かが、何か粗相《そそう》をしたのか？　だが、そんな報告も上がって来ない。

裃《かみしも》を付けた若侍が一人、足音もさせずに部屋の前に現われた。

若侍は腰を屈め、作之介に頭を下げた。

「武田様、ご案内いたします。どうぞ、こちらへ」

「うむ」

作之介は立ち上がり、若侍の後について廊下に出た。若侍は静々《しずしず》と歩いて行く。足を踏み出す度《たび》に、床板の忍び返しがきゅるきゅると不快な音を立てた。若侍は番衆《ばんしゅう》の一人らしい。

若侍は何もいわず、廊下をさらに奥へ進み、庭が望める縁側に出て足を止めた。振り向くと、腰を低くしたまま、座敷に入るように手で指し示した。

「こちらで、お待ちください」

作之介はうなずき、座敷に入った。閉じられた襖に芙蓉《ふよう》の絵が描かれてある。若侍は廊下を引き揚げて行った。

床の間を背にした上座に脇息《きょうそく》が置かれ、座布団が敷いてあった。

作之介は脇息と座布団の前の下座に袴の前を膝の下に折り込み、畳に正座した。

襖の陰に人の気配があった。殺気はないが、かすかに剣気を感じた。番衆が控えている。

老中田沼意次様からの突然の呼び出しは尋常ではない。何事かあってのことだ。

万が一、襖を蹴り破って誰かが斬りかかって来たら、と作之介は警戒した。殿中なので、大刀は腰に束ねていない。腰には小刀が差してあるだけだ。

護衛の若侍熊谷主水介《くまがいもんどのすけ》は、本丸御殿の入り口の控えの間に居る。作之介の急を知っても、すぐには芙蓉の間まで駆け付けることは出来まい。

は、情けない。

無用な心配を、臆病者めが、と作之介は苦笑いした。老中田沼意次様が、それがしを殺《あや》めようとするわけがない。ただ番衆たちの剣気を感じただけで臆病風を吹かすと

廊下の忍び返しがきゅるきゅると音を立てた。二人の気配。

作之介は廊下に向かい、片手をつき、頭を下げて、老中たちを迎えた。

目の前を白足袋が過《よぎ》り、脇息の座に移動した。もう一人は廊下の襖を静かに閉めた。

「小姓組頭武田殿、大儀であった。突然の呼び出しに驚いたであろう」

「はい。御老中様の御尊顔を拝謁させていただきますのは、久しぶりのことにございますな」

作之介は顔を上げた。床の間の前には、田沼意次がにこやかな笑みを浮かべて座っていた。脇息にそっと左肘を掛けている。

老中田沼意次の後ろに控えているのは、意次の世子《せいし》で、奏者番《そうじゃばん》の田沼意知《おきとも》だった。

意知は、年上の作之介にそっと頭を下げて目礼した。作之介も黙って目礼を返した。

奏者番は将軍直々《じきじき》に取り次ぐことが出来る、将軍の側近中の側近で、将軍家治《いえはる》様の若き相談役でもある。

なぜ、意次は奏者番の意知を帯同《たいどう》して現われたのか？

作之介はふと嫌な予感がした。だが、余計なことは頭から押し出した。

田沼意次は穏やかな顔を引き締めた。目に力が入っていた。

「今日、おぬしを呼んだのは、ほかでもない。おぬしに頼みがあってのことだ」

「どのようなことでございましょうか？」

「一つは悴《せがれ》の意知のことだ。悴とは面識があろうな？」

意次は背後に控えた意知を目で差した。

「はい。意知様とは一応面識がございますが、挨拶程度で、あまり言葉を交わしたことはございません」

作之介は意知に目をやった。意知もうなずいていた。

「頼みというのは、この意知の相談役になってほしいのだ」

「相談役でございますか？」

作之介は意外な依頼に内心驚いた。意次は静かにうなずいた。

「悴の相談役というか、補佐役というか、ともあれ、悴の助けになってほしいのだ」

「そのような大役を、なぜ、それがしに」

「おぬし、翎仙之助殿の縁者であろう？」

「はい」

「おぬしの御新造《ごしんぞう》は谺仙之助殿の娘早苗《さなえ》殿」

「さようにございます」

作之介は胸を張って答えた。谺仙之助の娘早苗を嫁に迎えたことは隠すことでもない。谺仙之助は妻の父、己れの義父になる。

「わしは谺仙之助殿が江戸に来た折に、彼と忌憚《きたん》なく意見を交わした。もちろん、倅の意知も同席してのことだ」

「やはり。義父が……生きていた」

「うむ。谺仙之助殿は生きておられる。おぬし、それも知らなかったのかな」

「義父が生きているらしい、という噂は聞いておりました。ですが、……」

作之介は絶句した。

そもそも、義父仙之助は陸奥で亡くなったと、鹿取真之助から聞かされていた。その鹿取真之助から義父宛の書状を持った寒九郎が現われ、どうやら義父は生きているらしい、となったものの、作之介はまだ事態が飲み込めないでいた。さらに、義父が生きていて江戸に来ていたなどとは、まったく知らなかった。

もし、それが本当のことなら、なぜ、義父は実の娘がいる我が家に寄らなかったのだろうか？　手紙一本ぐらいは、寄越してもいいではないか。

たしかに、作之介は義父弼仙之助とは面識がない。娘早苗と祝言《しゅうげん》を上げた時には、すでに弼仙之助は他界していると聞いたし、早苗の親代わりになったのは、姉の菊恵《きくえ》と、菊恵の夫鹿取真之助だった。

義父が生きているのなら、早苗の婿として、一度はご挨拶をしておきたかった。なぜ、訪ねてくださらなかったのか、と恨み言もいいたい気分だった。

「そうだのう。しかし、弼仙之助殿には、深いわけがあってのことだ」

「いかな、わけでございますか？」

「弼仙之助殿は、大御所《おおごしょ》様の密命を死ぬまで守ろうとしているからだ」

「大御所様の密命？」

作之介は頭の中で考えた。

大御所様とは八代将軍吉宗《よしむね》様のことだ。吉宗様は引退隠居し、将軍を家重《いえしげ》様に譲ったが、その後も大御所として隠然たる力を持ち、幕政を背後から操っていた。

田沼意次は、その大御所から重用《ちょうよう》され、大名に出世するとともに、九代将軍家重、十代将軍家治からは側用人《そばようにん》に、そしていまでは老中に任命されていた。

作之介は意次に訊いた。

「義父は、大御所様から、いかな密命を受けておられたのでございますか？」

「ははは。密命は密命だからな。本当は教えてはならぬことだが、すでに大御所様は亡くなられており、密命を知る者も、我ら以外にほとんどいなくなっている。そうしたことからすると、知らせるべき人たちには知らせておくべきではないか、と思うてな。いまは、御上は大御所とは違う考えになっておられる。それゆえ、武田作之介、おぬしに教えよう。ただし、これは他言無用であることを誓えるかな」

「他言無用をお誓い申し上げます」

意次は満足そうにうなずいた。

「では、話そう。大御所様は全国にお庭番を送り、諸国の事情をお聞きになられた。そのうちの一つに、陸奥は津軽の地に、エミシのアラハバキ族が十三湊を中心に一大皇国《こうこく》を創ろうとする動きのあることが分かった」

その頃、津軽地方では大規模な飢饉《ききん》が起こり、地元の農民百姓は一揆《いっき》に立ち上がろうとしていた。アラハバキ族は、地元の民に同調し、一揆を扇動し、津軽藩の支配が及ばぬエミシの皇国を創ろうとしていた。事態を重く見た津軽藩は武力で一揆鎮圧をしようとしたが、藩の中にも困窮疲弊した農民百姓の一揆に同情した者がいて、藩を二分する争いになった。

津軽には、大昔、ヤマト朝廷から追われたミカドの血統の安日彦《あびひこ》と長髄彦《ながすねひこ》の一族が移り住んでいた。その一族がアラハバキだった。アラハバキ族は、かつて安東《あんどう》水軍を創り、十三湊を中心にして、一大国を創っていた。ヤマト朝廷は、征夷大将軍《せいいたいしょうぐん》の一大軍団を陸奥に送り込み、しぶとく抵抗するアラハバキ族を奸計《かんけい》を駆使して平定した。かろうじて生き延びたアラハバキ族の安東水軍の残党は、海峡を渡り、夷島《えびすじま》に逃れた。

その夷島に逃れたアラハバキ族の末裔である安部《あべ》一族が勢力を盛り返し、再び津軽に乗り込んで来た。

意次の話は続いた。

「安部一族の皇子《おうじ》が、皇統であることに目覚め、安東水軍を再興して、北は赤蝦夷《あかえみし》から南は琉球《りゅうきゅう》、エゲレスやエスパーニャなどの異国と交易して、財力や武力を強め、再び陸奥の地に、朝廷や幕府に対抗する一大皇国を再興しようと画策しはじめたのだ」

「そんなことがあったのですか？」

「大御所様は、そこで、密かに三人の刺客を募り、安部一族の皇子の暗殺を命じた」

「その皇子とは？」

「安日彦の血筋を引く安日皇子だ」

作之介は信じられないという面持ちで意次を見返した。意次は続けた。

「その刺客として津軽に送り込まれた一人が、おぬしの義父谺仙之助だった」

「そうでござったか」

作之介は谺仙之助を思った。

「ちなみにいっておくが、谺仙之助とともに選ばれた二人の刺客とは指南役の橘左近と、起倒流大門道場の大門甚兵衛だ」

なんということだ。いずれも、由比進や寒九郎、大吾郎がお世話になっている先生ばかりではないか。

「して、誰が安日皇子を亡き者にしたのでございますか？」

皇統の皇子を暗殺するとは、畏《おそ》れ多くて口に出せなかった。

意次は作之介の心の中を見透かしているかのようにいった。

「大門と橘左近ともに安日皇子の暗殺には失敗した」

「では、義父が……」

「さよう。谺仙之助が見事、安日皇子を仕留めた」

「ふうむ。義父は密命を果たしたのでございますな」

「そうだ。それでアラハバキ族の目論見《もくろみ》は、崩れ去った。皇国を率いる皇子がいなくなったのだからな」

意次は腕組みをした。まだ続きの話がある、と作之介は思った。

「大御所様は、谺仙之助から報告を受け、仙之助に一万石の報奨を与え、大名に取り立てようとした」

「ほう？」

「ところが、仙之助は固辞して報奨を受け取ろうとしなかった。そればかりか、引退するとして、姿をくらました」

「姿をくらました？」

作之介は考え込んだ。

おそらく義父は大御所に首尾を報告した後、次は己れが消されると察知し、行方をくらましたのだろう。

意次は頭を振った。

「仙之助はただ引退して、行方をくらましたのではなかった。密かに津軽に戻り、あろうことかアラハバキ族を助けて、その再興のために働き出したのだ」

「ほほう」

義父はサムライだな、と作之介は思った。大御所の命令で、安日皇子を殺めたことを悔いて、罪滅ぼしに、今度は潰《つぶ》したアラハバキ皇国の再興に手を貸したのか。

「仙之助は、安日皇子の妃に乳飲み子がいることを大御所に報告していなかった。もし、報告したら、おそらく乳飲み子も葬《ほうむ》れ、皇統を根絶やしにしろ、と命じられただろう。仙之助は、それを恐れて子どもはいない、と報告していたのだ」

意次は腕組みをし、にんまりと笑った。

「あれから三十七年経った。その乳飲み子は、いまや立派な壮年の皇子だ。皇子は亡き父の後を継いで、安日皇子と称し、安部一族を率い、安東水軍を興《おこ》し、陸奥の大地にアラハバキ皇国の再興を図っている」

「…………」

作之介は、いよいよ本題に入るなと腹を括《くく》った。義父の犯した過《あやま》ちを正せ、とでもいわれるのだろうか。正せといわれても、いまさら、正せるわけもない。もしや、義理の息子として、義父仙之助を討てとでもいわれるのだろうか。

そうか、分かった。鹿取真之助が討たれたのも、義父仙之助のことがあってのゆえだったのだな。

「歴史は繰り返すと、よくいわれる。そして、人はまた同じ過ちを犯す、とな」

意次はふっと笑った。

「だが、わしは、そうはしない。御上にも申し上げた。畏れ多くも、大御所が犯した過ちを二度と繰り返すべきではない、と」

「いかなことでござるか？」

「今度は、安日皇子の興すアラハバキ皇国を認めようではないか、と」

「アラハバキ皇国を認めるというのですか？」

「認めて、アラハバキに北の出島《でじま》を造らせる。安東水軍に、異国、とくに赤蝦夷との交易を認めて、上がりに税を課し、幕府の財源に取り入れる。アラハバキに夷島の開拓、開墾を行なわせ、夷島を領地とする国を創らせ、幕府に従わせる」

「夷島には、松前《まつまえ》藩がありましょう」

「松前藩は、夷島の南端にしがみついた小藩だ。それにもかかわらず、アイヌとの交易を独占し、夷島全島の支配を目論んでいる。だが、松前藩には、赤蝦夷やアイヌを抑え込む力はない。だから、松前藩の領地は領地として認め、それ以北の夷島の地をアラハバキの安部一族に任せようということだ」

「しかし、松前藩は反対するでしょうな」

「すでに猛反対しておる。幕府内の守旧派と連絡を取り合い、こちらの動きを邪魔しようと必死だ。だが、御上は、わしの考えに賛成なさっておられる。アラハバキ皇国を認め、彼らに自由に交易させよ、と申されている。松前藩がいくら反対しても、御上の意向は崩せない。どうしても、松前藩が反対するなら、松前藩の改易、廃藩も辞さない。幕閣内の守旧派も、御上の意向に背《そむ》くことは出来ないだろう」

「なるほど。そこで、義父殿仙之助と面会なさったのでございますな」

「さよう。仙之助と腹蔵《ふくぞう》なく、アラハバキ皇国再興について話し合った。アラハバキ皇国が幕府に逆らわぬという約定が出来れば、幕府は皇国を承認する、とな」

「義父は何と返事をしましたか？」

「新安日皇子に話をし、幕府に逆らわぬと約束させる。幕府と皇国の間で和親協定を結ぶことに合意し、仙之助は津軽に戻った」

「アラハバキ皇国は、どこに都を置こうとしているのですか？」

「十三湊だ」

「しかし、十三湊は津軽藩の領地では？　津軽藩は猛反対するでしょう？」

「すでに津軽藩の一部は猛反発しておる」

意次はにやりと笑った。

「戦《いくさ》になりませぬか？」

「なるやも知れぬ。津軽藩内でも藩論はアラハバキ皇国に賛成する藩主派と、反対する守旧派とに分かれて争っている。幕府は藩主を支援し、津軽藩ともアラハバキ皇国が和親協定を結ぶように画策している。だが、あろうことか、幕府内の守旧派どもが、御上の意向に反して、津軽藩内の守旧派を支援しておるので、ことはややこしくなっておる。だが、御上がわしらの味方である限り、守旧派の出番はない。時間はかかるだろうが、守旧派もいずれ、わしらの政策が正しいと認めざるを得なくなるだろう」

　作之介は、そうか、と合点《がてん》がいった。

　鹿取真之助と妻・菊恵は、津軽藩内のそうした政争に巻き込まれて殺されたのか。そして、息子の寒九郎までが、いまも津軽藩内の守旧派に命を狙われ、追われている。ということは、津軽藩内のアラハバキ皇国容認派は、意次がいうほど強くはないのではないか。守旧派は、藩主の意向に反して、アラハバキ皇国潰しに狂奔《きょうほん》しているのではないのか。

「幕府内の守旧派も、津軽藩内の守旧派も、正直なところ、非常に手強《てごわ》い。いま、いろいろ策を弄《ろう》して切り崩しを図っているが、頑強に抵抗している。アラハバキの安東水軍が十三湊を拠点に交易の実《じつ》を上げれば、豊富な資金が入って来て幕府財政が豊かになる。そうなれば守旧派の節約や農本主義政策では得られぬ利得が庶民にも回り、みんなの暮らしが楽になろう」

意次はあらためて作之介に向き直った。

「これは御上の意向でもある。幕府内でも、守旧派の暗躍を抑えねばならない。おぬしには、ぜひとも、力を貸してもらいたい」

「少しばかり考える時間をいただけませんか？　あまりに急なお話なので、すぐに返答は出来ません」

意次は、意知と顔を見合わせた。意知はうなずいた。

「よかろう。もし、引き受けてもらえたら、御上にお目通りいただくことになっている」

「畏れ多いことでございます」

作之介は御上に声をかけられると聞き、すぐにでも引き受けたい思いになった。だが、考える時間をいただきたいと申し上げた以上、すぐに承諾するとはいいにくかった。

「というのも、まもなく、意知は奏者番から若年寄に抜擢《ばってき》される。その若年寄付きの補佐役に、おぬしもなってほしいのだ」

作之介は内心、驚いた。若年寄の補佐となれば、小姓組頭よりも、さらに上の位になり、加増もあるだろう。

「とりあえずは、若年寄の補佐役だが、御上に気に入られれば、次の奏者番、さらには側用人も夢ではない」

甘い餌だな、と作之介は思った。田沼派に取り込もうという毒饅頭《どくまんじゅう》かも知れぬ、とも。だが、作之介は小姓組頭で終わるつもりはなかった。出来ることなら幕府中枢の要路に伸《の》し上がり、いつか幕閣に加わりたいという野心もないことはなかった。

この際、御上に最も信頼されている田沼意次に取り入って、いつか大名になる夢を見てもいい、とも思う。

意知が膝を進めた。

「武田作之介殿、それがし、父の考える蝦夷《えぞ》地開拓や十三湊を北の出島にしようという構想を引き継ぎ、実現いたしたい。その折、どうしても、おぬしや谺仙之助殿の力が必要なのだ。ぜひとも、それがしを助けてほしい。これこの通りだ」

意知は作之介の前に両手をついて頭を下げた。

「意知様、頭は上げてください。分かりました。そこまでいわれて、お引き受けしないわけにはいきますまい。分かりました。補佐役、お引き受けいたします」

「よかった。作之介殿が引き受けてくれて、まずは一安心」

意知はほっと顔を緩《ゆる》めた。父の意次も、うれしそうに笑い、作之介に礼をいった。

「作之介、倅のため、よくぞ、引き受けてくれた。さっそくに御上に申し上げておく」

「こちらこそ、よろしうお願いいたします」

作之介は意次と意知親子に頭を下げた。

意知は意次にいった。

「さっそくに武田作之介の扶持を千石に加増するようお願いいたします」

「もちろんだ。若年寄補佐役となれば、千石はないと見劣りしよう」

千石取りになる。降って湧いた夢のような話に作之介は驚愕した。

「ありがたき幸せ」

作之介は二人にいま一度頭を下げた。意次は作之介にいった。

「それはそうと、お幸《ゆき》という女子《おなご》は、おぬしが親代わりとなって身請《みう》けし、大奥に上げておるそうだな」

「は、はい。お幸は、それがしの娘同然の者にございますが」

「実は、御上がお幸を見初《みそ》めてな。美しい女御《にょご》だと仰《おお》せられておられる。身元を調べさせたら、おぬしの武田家から奥女中奉公に出たと聞いた」

「さようでございます」

作之介は、いささか不安になった。もしや、お幸に御上のお手がついたというのか。

「お幸には、許婚《いいなずけ》がおるそうだな」

「はい。確かな許婚がおります」

作之介は寒九郎を思った。寒九郎はお幸を思っている。家内の早苗によれば、お幸も寒九郎を慕っている。いずれ奉公から下がったら、幸を武田作之介の籍に迎え、寒九郎と夫婦にして所帯を持たせることになっていた。

「鹿取寒九郎と申す者か」

「さようにございます」

「やはりそうか。寒九郎の父親は、津軽藩物頭《ものがしら》の鹿取真之助だな」

「さようにございます」

「谺仙之助の孫であろう？」

「はい」

意次は腕組みをし、顔をしかめた。

「実は、お幸は許婚の寒九郎に操《みさお》を立てて、頑《かたくな》に御上を拒んでおる。それで、あの堅物でならしていた御上が、正室以外に、初めて初恋の女子《おなご》に会ったかのように思い、恋い焦がれておるのだ」

「ふうむ」

作之介は、弱ったな、と思った。

「先に御上は密かに奉納仕合いで見た腕の立つ剣士を呼び、寒九郎を亡き者にしろ、という密命を出したのだ」

「その剣士と申す者は？」

「同じ明徳《めいとく》道場の江上剛介と申す者だが、おぬしは存じておるか？」

「はい。存じております。江上剛介は明徳道場一番の剣の遣い手と聞いております」

「江上剛介は、御上の意図を知らされてのことでしょうか？」

「いや。さすが御上も、そのような本意は話してはおらぬ。御上にそう焚き付けた者がいる」

「どなたでございますか？」

「大目付の松平貞親《まつだいらさだちか》だ。松平貞親は、守旧派の松平定信と通じている男だが、御上はそれでも信頼して、大目付に付けている。その松平貞親が、御上を焚き付け、江上剛介に寒九郎を討てという密命を出させたのだ」

「お止《と》めにならなかったのですか？」

「いや、止めようとしたが、御上はすでに密命を出した後だった」

「なんということか」

作之介は臍《ほぞ》を噛んだ。

「矢は弦《つる》から放たれた。いまとなっては、いかんともならぬ」

田沼意次はため息をついた。意知は意次と顔を見合わせ、何事かをうなずきあった。

作之介は、お幸と寒九郎の二人に思いを馳せていて、そうした二人に気付かなかった。

四

森の中の険しい坂道を上ると、突然に森が開け、尾根を覆う草原に出た。左手にごつごつした岩が盛り上がって海に臨んでいた。地元民が権現岬《ごんげんみさき》と呼ぶ岬だった。

十三湊の住民の話では、大昔、秦《しん》の始皇帝《しこうてい》から不老不死の薬を求めて派遣された徐《じょ》福《ふく》の船が流れ着いた御崎ということだった。

峠から後ろを振り向けば、十三湖《じゅうさんこ》が望め、さらに、その先に雲の笠を被った霊峰岩木山《いわきさん》が見える。

風がそよぎ、新緑の木々の葉を揺らしていた。葉葉は太陽の光を乱反射して、あたりに光の粒を撒き散らしている。

北風寒九郎は愛馬楓《かえで》の手綱を引き、馬の歩みを止めた。草原から吹き上がる風を受け、胸一杯に吸い込んだ。風は甘塩辛く懐かしい匂いに満ちていた。

眼下に緩やかな弧を描いた入江の海岸線が望めた。

草間大介《くさまだいすけ》の馬疾風《はやて》が横に並び、ぶるぶると鼻を鳴らしていないないた。

「あの入江が小泊の湊でござろう」

草間は入江の海岸を指差した。

入江に面して数十戸の集落が見えた。小泊の湊だ。数隻の関船《せきぶね》が停泊していた。小舟が湊と関船の間を通っていた。

寒九郎は興奮で胸が締め付けられるように疼《うず》いた。

「祖父上は、本当にあの小泊村におられるのだろうか」

十三湊の廻船問屋の主人亀岡伝兵衛《かめおかでんべえ》は、夷島の松前《まつまえ》から戻って来た番頭が、そういっていた、と寒九郎に伝えてくれた。いま祖父谺仙之助は、安日皇子を奉じて、ツガル各地の村村を巡り、アラハバキ族をまとめて、一つにしようとしていた。近いうちには安日皇子に従い、本拠地でもある夷島へ戻るといっていたという。

一刻も早く祖父上に会いたい。寒九郎は、一方ではそう思うのだが、その反面、会うのが恐ろしいという気持ちも多分にあった。

祖父とはいえ、まだ一度も会ったこともない伝説の剣客なのだ。その伝説の祖父に会い、なぜ、谺一刀流を邪剣として封印したのかを聞きたい。

さらには、一太刀でもいい、封印を解いて谺一刀流の極意を、ぜひともそれがしに教授してもらいたいと言い出せるかどうか。

会ったら、いろいろ聞きたいことがある。

祖父は本当に祖母美雪《みゆき》を殺めたのか？　殺めたから谺一刀流を封印したのか？

祖父は、御上から安日皇子を暗殺するようにとの密命を受けた。大門先生や橘左近先生は失敗したが、祖父は暗殺に成功したのか？

もし、そうなら、いま祖父が奉じている安日皇子とは何者なのか？

祖父は竹中善之介《たけなかぜんのすけ》と果たし合いに応じた。竹中は生きて故郷に戻り、谺一刀流敗れたりとみんなにいいふらした。いったい、竹中善之介と祖父のどちらが勝ったのか？

祖父は、アラハバキ族の血筋だといっていたが、それは本当か？　己れの軀にもアラハバキの血が流れているというのか？

聞きたいことは、山ほどあり、祖父に会ったら、ます何から最初に尋ねたらいいのか、分からなかった。

「どうどうどう」

草間が走り出そうとする疾風を止めた。

寒九郎も楓の手綱を引いた。

道は峠から坂を下り、一面の草原の中に入って行く。だが、草の間に見える道は、真っすぐには進まず、右手に大きく曲がり下っていた。その訳はすぐに分かった。

草原は突然に切れ、切り立った崖の縁になっていた。そのため、道は崖の上を右手に大きく迂回していたのだ。

寒九郎は楓の首を右に向け、草原の道を駆け下りようとした。草間も疾風の手綱を引いて止めた。

「待て」

北風寒九郎は愛馬楓の手綱を引き、手を上げた。

「何事です？」

寒九郎は行く手の丘陵を指差した。

一頭の白馬が淡い緑の草に覆われた丘の斜面を、丈の長い草を掻き分けながら駆け下りて行く。白馬の背には長い黒髪をなびかせた娘が騎乗していた。

その背後から何頭もの黒毛馬、茶毛馬に乗った男たちが競うように草を分けて、白馬の娘を追いかけて行く。

白馬が草原に造った一筋の線。その線を追いかけて、左右に分かれた数本の筋が草を掻き分けながら伸びて行く。

「遊んでいるのかな？」

寒九郎は草間にいった。草間は手をかざし、草原を眺めた。

「あの女子、追われているのでは？」

娘の白馬は、後ろから追う男たちの馬が追いすがると、突然、身を躱《かわ》し、向きを変える。

いったん、白馬を中心にして、追いすがった馬たちの筋が、また左右に広がって、白馬を追う。娘の白馬は、次第に切り立った崖の下に追い詰められているようにも見えた。

娘の白馬は不意に止まった。追っていた馬たちは、白馬の周囲を囲むようにぐるぐると走り、次第に中心の白馬に迫っていく。

白馬を取り囲んだ男たちの手に白刃がきらめいた。

娘の白馬が後ろ肢立ちになった。娘も背から小太刀を抜き放ち、馬上でかざしている。周囲の男たちも大刀をかざして、白馬の娘に斬りかかった。

「いかん、娘が危ない。行くぞ」

寒九郎は楓の脇腹を鐙で蹴った。楓は躍《おど》り上がり、草原を駆け下りはじめた。草間の疾風も、同時に草原に躍り込んだ。

「待てーい」

寒九郎は大声で叫んだ。楓は風を切って駆けた。草間の疾風は豪快な脚力で、楓を追い抜いた。

「娘御！　お助け申す」

草間も怒鳴った。

白馬の娘は黒髪をなびかせ、一瞬、草間と寒九郎に目を向けた。娘の大きな目が怒りに燃えていた。後ろ肢立ちになった白馬は男たちの囲みを割り、草間と寒九郎の方に向かって突進して来る。

男たちが寒九郎たちに気付いた。だが、すぐさま、白馬を追って猛然と追走して来た。

「待て待て」

草間の疾風が白馬を追う男たちの前に割って入った。続いて楓に乗った寒九郎が男たちの前に飛び出した。娘の白馬は寒九郎の楓の背後に走り込んだ。

「おぬしら、何を邪魔する！」

娘の怒声が聞こえた。寒九郎は白馬に乗った娘を振り向いた。

「我らが邪魔したと?」

「おぬしらも、こやつらの仲間であろう」

娘は怒った顔で、小太刀を寒九郎と草間に向けた。小麦色に日焼けした顔は精悍で美しかった。長い黒髪が麻の小袖の肩にかかって流れている。黒く濃い眉が左右にきりりと吊り上がり、大きな黒目がちの眸《ひとみ》が寒九郎をきっと睨んでいた。

美しい。

一瞬、寒九郎は娘に見とれた。娘は寒九郎の視線を見てたじろぎ、目を逸《そ》らした。

「どけ!　邪魔だ」

追っ手の黒駒が寒九郎の楓に体当たりし、男の白刃が回転して寒九郎を襲った。

寒九郎は腰の小刀を抜き、男の刀を打ち払った。ついで楓の身を回し、相手の黒駒を後ろ肢で蹴り飛ばした。男は慌てて黒駒の手綱を引き、馬を回して楓の蹴りを躱した。

「お相手いたす」

草間の怒声が上がり、茶毛の馬に乗った男と刀で打ち合っている。

寒九郎は楓の首を回し、白馬の娘に大声でいった。

「娘御、これでも、こやつらの仲間と申すか?」

「ふん。おぬしら、松前でなければ、幕府の回し者だろう」

娘は小太刀を手に下げ、鋭い眼差しで寒九郎を睨んだ。

「どちらでもない」

「信じられぬ。おぬしらに助けられずとも、それがしひとりで斬り抜けた。近くには仲間もいる」

「さようか。邪魔して悪かったな」

二人の男が左右から馬を寄せ、気合いもろとも斬り込んできた。寒九郎は楓を回し、小刀で相手の刀を振り払った。楓は前肢立ちになり、後ろ肢で相手の馬に蹴りを入れた。

楓の蹴りに驚いた馬から、一人は振り落とされた。もう一人は慌てて馬を回して、楓の蹴りから逃れようとした。馬は驚いて後ろ肢立ちになり、乗っていた男は落馬した。

「娘御……」

寒九郎は白馬の娘に声をかけようとした。だが、すでに白馬の影は消えていた。

娘を乗せた白馬は草原を下り降りていく。真直ぐ、海岸沿いの松林をめざしている。

その松林には大勢の人影が蠢《うごめ》いていた。白馬を追う馬の姿はなかった。

「おぬしら、娘は逃げ去ったぞ。まだ、我らを相手に戦うか？」

男たちは、寒九郎の呼びかけに、馬上で顔を見合わせた。落馬した男たちもようやく馬の背に乗っていた。

「おまえら、何者だ。名乗れ」

頭《かしら》らしい男が馬上から寒九郎に訊いた。

「人に名を訊くなら、自分から先に名乗るのが礼儀だろう」

頭らしい男は、美男の顔立ちをしていた。濃い眉に、鋭い眼差し。青年剣士は大声で叫んだ。

「松前藩士、紅野文志郎《こうのぶんしろう》。おぬしらは？」

「素浪人、北風寒九郎」

寒九郎は大声で返した。

「同じく、草間大介」

草間も大音声《だいおんじょう》で怒鳴った。

「二人のこと覚えておこう。次に邪魔した時は斬る」

紅野文志郎は黒毛馬の首を返した。どっと草原を丘の上をめざして走り出す。男の手下たちが、その後に続いた。

「松前藩士が、なぜ、津軽におるのだ？」

寒九郎は紅野文志郎たちの一団が引き揚げる様を見送りながらいった。

草間が松林に消えた白馬を目で追った。

「すると、追われていた娘御はアラハバキの娘かも知れませんな」

「しかし、恐ろしく気が強い元気な媛《ひめ》だったな」

寒九郎は黒目がちの大きな眸を思い出した。

「我らも松林に行ってみますか」

「そうしよう」

寒九郎は楓の首を回し、松林に向かって歩ませた。草間も疾風を草原の丘の下に向けて歩ませる。

頭上から鳶《とび》の鳴く声が響いた。

寒九郎は空を見上げた。何羽もの鳶が天空に弧を描いて飛翔していた。

五

松林は人気《ひとけ》なく静まり返っていた。

先刻まで蠢いていた人影は消えてなくなっている。

寒九郎と草間は松林の中で馬から下りた。

松林の樹間を透かして、青々とした海原と何艘《そう》もの船影が見えた。波が浜辺に打ち寄せる潮騒《しおざい》が聞こえて来る。

松林の中には、焚火《たきび》の跡があった。手で灰を触ると、まだ熱い。

丘の上から見た村落は、この松林を抜けた海岸にあった。寒九郎と草間は馬の轡を引き、林の中から見える村に向かって歩き出した。

松林を出たところに頑丈な柵《さく》が立ち並んでいた。村を護るための防柵だった。柵の中に畑があり、耕《たがや》す人影もあった。集落の中に、馬や山羊の姿もあった。放し飼いされた鶏が地面を足で掻いては餌を啄んでいる。

突然、イヌがどこからか現われ、柵の外の寒九郎たちに激しく吠えかかった。イヌの吠え声に、近くの小屋から腰の曲がった老婆が現われた。

寒九郎と草間は頭を下げ、老婆に挨拶した。

「我らは怪しい者にあらず。村長《むらおさ》にお会いしたい」

老婆は皺《しわ》だらけの顔を歪め、何事かをいったが、寒九郎が分からないと手を振ると、柵の外を回れという仕草をした。

寒九郎と草間は老婆に礼をいい、柵の外を巡って歩き出した。イヌが吠えながら追おうとしたが、老婆に首根っ子を押さえられ、大人しくなった。

柵の中には苗を植えたばかりの田圃があった。その田圃を見ながら、柵を巡って歩いて行くと、やがて頑丈そうな門構えの出入口に差しかかった。

柵の扉が開かれ、自由に人や馬が出入り出来るようになっていた。丸太小屋があり、横に渡した丸太に門番らしい男二人が座って雑談していた。

寒九郎たちが馬を引いて近寄ると、二人の門番たちはさっと立ち上がり、長い杖を寒九郎たちに突き付けた。何者だ、と誰何《すいか》した。

寒九郎と草間は亀岡伝兵衛の名を告げ、伝兵衛から貰った通行証を見せた。通行証は伝兵衛たちがアラハバキ族と交易する際の身分証のようなものだった。

年寄りの門番は、すぐに小屋の中にいた子どもを呼び、どこかに走らせた。子どもは元気よく村の中に走って行った。

壮年の門番はなおも用心して、寒九郎と草間に杖を突き付けて見張っている。

「先程、白馬に乗った娘に会った。男勝りの娘は、きっとこちらの媛であろう?」

寒九郎が年寄りの門番に話しかけた。年寄りは人の良さそうな顔を崩して笑った。

「ははは。あんたたちか、レラ姫の邪魔をしたのは?」

「レラ姫と申されるのか？　変わった御名だな」

「レラは我らのことばだ。大和語《やまとご》ではない。レラはあんたたちの言葉でいえば風だ。レラ、またはレイラともいうのじゃ」

「風姫か」

「さよう」

寒九郎は、鞍《くら》も付けない裸馬の白馬に跨《また》がり、風のように草原を走り回る姫は、本当に風の名にふさわしいと思った。

草間が老門番に尋ねた。

「我らが邪魔をしたと？　我らは追われた姫を助けただけだが、それが何を邪魔したというのでござるか？」

「レラ姫の恋の邪魔をしたということだ」

「なに？　恋の邪魔をしたと？」

寒九郎は訝った。

「松前藩士たちが姫を追い回していたではないか？　あれは本気ではない、というのか？」

「ははは。恋の鞘当てだ。松前藩士の紅野文志郎は、レラ姫に恋をしておる。姫はそうと知っていて、時折、紅野文志郎をおからかいになる。馬で追い駆けっこをして、さっさと逃げて来る。わしらは、姫にほどほどになされ、といって聞かせているのだが、毎度のこと、無視なさって、わざわざ白馬で会いに出掛けては逃げて来るのじゃ」

「レラ姫も、あの紅野文志郎が好きなのではないのか？　美男だし」

「姫も、その気は少しはあるじゃろう。だが、あの負けん気だ。それを収めることが出来る男でないとな。紅野文志郎もそうと知って必死に追いかけているのだが、いま一歩のところで体《たい》を躱され、さらに恋い焦がれる羽目になっている」

「松前藩は、アラハバキの敵ではないのか？」

「互いに敵だからこそ、なお、恋しい、というのじゃないか。おぬしも、若いのだから、そのくらいは分かるのではないか」

寒九郎は草間と顔を見合わせた。だったら、姫を助けることはなかった。人の恋路を邪魔するつもりは毛頭ない。

年寄りの門番は長キセルを取り出し、皿に刻み莨《たばこ》を押し込んだ。煙草盆《たばこぼん》の火種にキセルの皿の莨をつけて旨そうに吹かした。

子どもが駆け戻って何事かをいった。壮年の門番はようやく警戒心を解いて杖を下ろした。

「小僧が村長の家に案内する。ついて行きなされ」

「ご老体、かたじけない。ところで、お名前を教えてくれぬか」

「わしの名前か？　名乗るほどの者ではないが。なぜ、お尋ねになられる？」

老門番は訝しげに寒九郎を見た。

「それがしは、鹿取寒九郎、別名北風寒九郎と申す。同行するのは」

寒九郎は草間に顔を向けた。

「草間大介と申す。寒九郎様の傅役《もりやく》にござる」

「ははは。傅役は昔の話。いまはよき相談相手、それがしの兄貴分でござる」

寒九郎は付け加えた。

「そうでしたか。わしは元漁師の海太郎《うみたろう》。いまは引退して陸《おか》に上がり、こうして小泊村の門番をしている」

壮年の門番が笑いながら付け加えた。

「海太郎さんは、引退なさったといっているだが、とんでもない。いまでも、朝暗いうちから海に出て、鯛《たい》や平目《ひらめ》、時には大鮪《おおまぐろ》なんかも釣って来るだ。わしらの海の神様みてえなもんだ」

「さようでござったか」

寒九郎と草間は海太郎に頭を下げ、子どもの後について、村に入って行った。楓と疾風は、あたりの気配に耳を立て、大人しく付いてくる。

三十戸ほどの集落のほぼ中央に広場があり、それを囲むように、大きな曲がり屋の農家が数棟、さらに納屋や厩《うまや》が連なるように建っていた。

広場では小さな子どもらが駆けっこをしたり、鬼ごっこをして遊んでいる。農家の一軒から、論語をみんなで朗読する子どもたちの声も洩れ聞こえた。

広場の脇には、小川が流れていた。

若い男たちは、ほとんど海に出払っているのか、村や広場に姿がなく、老婆や女房らしい女たちが小川で洗濯に勤《いそ》しんでいた。

寒九郎と草間は、子どもに広場の真ん前にある一際大きな農家に案内された。若い娘が庭で待っていた。娘は寒九郎と草間から楓と疾風の手綱を受け取り、厩へ連れて行った。

厩の中に、白馬の姿もあった。

もしや、レラ姫にも会えるかも知れぬ。寒九郎は草間と顔を見合わせた。草間も同じことを考えていると思った。

土間に入ると囲炉裏端《いろりばた》に、白髪の古老が座り、キセルを吹かしていた。

「おう、遠いところをよう御出でなさった。どうぞ、お上がりください」

古老はにこやかに挨拶し、板の間に上がるように勧めた。寒九郎と草間は、下女が持ってきた雑巾《ぞうきん》で足を拭き、板の間に上がって座った。

「まあ、お楽にしてくだされ。麦茶ぐらいしかないが」

「どうぞ、お構いなさらぬよう」

寒九郎と草間は囲炉裏端の前に並んで座った。囲炉裏には、火は入っていなかった。

古老はキセルの頭を囲炉裏端にあてて、莨の灰を落とした。

「伝兵衛どんから、先に使いが来て、あんたたちが御出でになるだろう、と言い残していた」

「伝兵衛殿のお使いがすでに参っていましたか。それはありがたい」

下女の老婆が冷たい麦茶を運んで来た。

寒九郎と草間は、麦茶を啜りながら、村長の古老に自ら名乗り、挨拶をした。古老は小泊《こどまり》彦次郎《ひこじろう》と名乗った。

さっそくに古老に小泊まで来た事情を話した。

「それがしの祖父、谺仙之助に会いたく、こちらに参りました。伝兵衛殿のお話では、祖父は安日皇子に御供して、小泊に滞在している、と聞きました」

「それは先月までのこと。いまは、谺仙之助様は安日皇子様と一緒に龍飛岬《たつぴみさき》の砦《とりで》にいると思います」

「そうですか。なぜ、祖父と安日皇子は、一所《ひとところ》に落ち着いていないのでござろうか？」

「それは安日皇子様の御命を狙う輩《やから》が、つぎつぎに乗り込んで来るためでしょう。時が来るまで、安日皇子様も谺仙之助様も一所に落ち着くことはない、と思います」

古老は頭を振った。

寒九郎は古老に尋ねた。

「時が来るまでと申されたけれど、それは、いつのことでござろうか？」

「それは、十三湊を都として、安日皇子様の皇国が出来るようになるまで、ということでしょうな。わしには、それ以上、お答えすることが出来ません。いま、谺仙之助様の側近の大曲《おおまがり》兵衛《ひょうえ》様を呼びに行かせたので、まもなく大曲様がお越しになります。大曲様にお尋ねなさるのがよかろうと思いますな」

「それはかたじけない」

寒九郎は草間と顔を見合わせた。

大曲兵衛は暗門《あんもん》の滝の砦で会った南部嘉門《なんぶかもん》とともに、舒仙之助に仕えていた直弟子《じきでし》二人のうちの一人だ。

「いま、大曲兵衛殿は、どちらにおられるのです？」

「大曲様は湾の外に停泊している関船におられます。大曲様は船で食糧などを龍飛岬近くの小湊まで運んで、こちらへ戻って来たところです」

「そうでござるか」

「まあ、膝を崩して」

「では、遠慮なく」

寒九郎と草間は膝を崩し、板の間に胡坐《あぐら》をかいた。

ほどなく庭先に何人もの人の気配が起こった。母屋の開け放った戸口から、男たちの影が現われ、静かに土間に入って来た。

男は初老らしく、髪にちらほらと白髪が混じっていた。総髪をまとめて頭頂で髪を縛って髷《まげ》にし、禅寺から出て来たかのような作務衣《さむえ》姿だった。体付きは細身で、手足が長い。顔は整った目鼻立ちをしている。

男には先程のレラ姫が付き添っていた。

どうやら船に呼びに行ったのはレラ姫だったらしい。レラ姫は終始無言だったが、興味津々《しんしん》な面持ちで寒九郎を睨んでいた。

初老の男は寒九郎の前に座った。寒九郎もあらためて座り直した。

「それがしは、大曲兵衛でござる。おぬしが寒九郎殿か？」

大曲兵衛は低い声でいった。

寒九郎も名乗り、鹆仙之助の孫であるといった。

「鹿取真之助殿と菊恵様については、お目にこそかかっておりませぬが、師匠からお聞きして存じ上げております。津軽藩の守旧派によって亡き者にされたことも。まことに無念なことと……」

大曲はお悔やみを並べた。寒九郎はありがたく、悔やみを頂戴した。

「寒九郎殿たちのことは、南部嘉門から早船で連絡が入っておりましたので、いつ御出でになるか、と思っておりました」

「それはありがたい」

「念のため、左肩にある鹆一族の痣《あざ》の印、拝見させていただけませんか」

「もちろんでござる」

寒九郎はその場で片膝立ちし、ちょっと躊躇《ためら》ったものの、小袖を諸肌《もろはだ》脱ぎした。そのまま、左肩を大曲に見せた。

レラ姫がほほ笑みながらも、身を乗り出し、寒九郎の左肩を覗いた。

「なるほど。たしかに、寒九郎殿は谺一族でござるな。師匠の左肩にも、ほぼ同じ形の痣がござった」

大曲は大きくうなずいた。

「さっそくですが、祖父に会いたいのです」

「実は、師匠からいわれました。時が来るまで、寒九郎殿には会いたくない、と。ですから、いまは何もいわずに、お帰り願えませんか？」

「ほんとに、祖父が、そういっているのでござるか？」

「はい。くれぐれも、訪ねて参らぬようにと。それがしも、寒九郎殿が江戸からはるばると津軽まで師匠を訪ねて来ているのに、一目《ひとめ》でいいのですから、お目にかかったら、と申し上げたのですが、駄目だ、わしは会わぬ、と頑におっしゃっておられました」

「なぜ、お会い出来ないのでしょうか？」

「……それがし、思うに、いま微妙な折も折なのです。師匠は、いま危ない橋を渡っています」

「どのような危ない橋ですか？」

「いま、幕府の老中と危うい取引をなさっておるのです。一《いち》か八《ばち》かの賭けとも申されていました」

「その賭けというのは？」

「それがしから、申し上げるわけにはいきません」

「おおよそのことで結構です。教えてください」

大曲は苦悶の表情になった。

「大曲殿、それがし、祖父にお会いしたら、帰らぬつもりでござる」

「と申されると？」

「江戸を発《た》つ時から決心しました。それがし、祖父上にお願いし、それがしに、祖父上の夢を手伝わせていただきたい、と」

「……何を、でござるか？」

大曲は戸惑った。

「祖父上が、いまやっていることとです。安日皇子を奉じて、北に皇国を創ること。それがし、命をかけて、お手伝いしたい、と思っています」

「ううむ」

大曲は唸った。草間が慌てて訊いた。

「寒九郎様、そのご決意は本心でござるか？」

「草間、それがしの本心だ」

寒九郎は懐から油紙に包んだ書状を取り出した。

「それに、父から祖父上宛の大事な書状を預かっております。これは、亡き父上と母上が遺言として、なんとしても、祖父上におまえが届けよと命じられたもの。これを直接祖父上にお届けしなければならぬのです」

「分かりました。寒九郎様、それがし草間大介、身命を賭《と》して、寒九郎様にお付き合いいたします。たとえ地獄に堕《お》ちるとも、御供いたします」

「ありがとう。だが、無理はせんでもいい」

「何をおっしゃいます。それがし、こう見えても……終生、寒九郎様の傅役として」

草間大介はぐすりと啜り上げた。寒九郎は草間大介の手を握った。

「分かった分かった。ありがとう。それがし、おぬしを頼みにしている」

寒九郎は大曲を振り向いた。

「そういうわけで、それがし、祖父上のお手伝いをする決意です」

「草間大介もでござる」

草間が寒九郎の脇に進み出た。

大曲は弱ったなあ、という顔になった。

「お手伝いする以上、いま何が起こっているのか、ある程度知っておく必要があります。概略でいい。教えてください。詳しくは、直接、祖父上から聞きます。ですが、いま祖父上は、どんな窮地にいるのか、知っておかねば、対処のしようがない」

大曲はうなずいた。

「分かりました。実は、詳しい内情までは、それがしも聞いておりません。ですが、おおまかなことなら、お話ししましょう」

大曲は古老に目配せした。古老の村長はうなずき、囲炉裏端から立って、外に出て行った。

寒九郎はレラ姫に目をやった。

「わたしはいいの。わたしの父は安日皇子。心配しないで。それに、わたしは口が固いの。聞いたことは、すぐに右の耳から左の耳に流して忘れることが出来る」

大曲は笑いながらうなずいた。

「姫もお知りになっておった方がいい」

大曲は少し目を瞑《つむ》って考えてから話しだした。

「師匠は、幕府と交渉を重ねて来ました。いまは北の夷島とツガル三郡にまたがる皇国が出来るか否かの瀬戸際に立っていると申せましょう」

「幕府の誰と交渉しているのですか？」

「老中田沼意次殿、それから、息子で将来老中になるであろう田沼意知殿」

「幕府はよく交渉に応じたものですね」

「はい。ですが、条件があるのです」

「どのような条件なのです？」

「安東水軍が十三湊に北の出島を創る。その出島を安東水軍に任せる。その代わり、異国との交易の上がりの半分は幕府に提供する」

「なるほど。それから？」

「アラハバキ族は夷島の開拓を行ない、半分を皇国領としてもいいが、残り半分は幕府直轄地とすること。ただし、いま安日皇子はこれを拒んでいます」

「祖父上は？」

「いまは我慢だと安日皇子様に申しています。まずは皇国の樹立が先だと」

「なるほど」

「皇国さえ出来れば、あとは戦や一揆に訴えてでも、交渉して、なんとでもなる、というのが師匠のお考えです」

「ふうむ。うまく行けばいいが」

「幕府も愚かではありません。それは読んで、次の条件を出して来ています。出来た皇国は幕府の支配下に入ること。それが出来ないなら、話は初めからないとしています」

「なるほど。そういうことか」

寒九郎は腕組みをし、考え込んだ。

「老中側は、いま北の皇国創りに反対する守旧派と熾烈《しれつ》な権力争いをしています。老中は、そこで師匠になんとか幕府内の守旧派潰しのため協力しろといっています。師匠は、どうやら、田沼意次に何事かを入れ知恵したらしいのです」

「どのような？」

「分かりません。師匠の頭の中までは」

寒九郎は唸った。

「やはり、一刻も早く、祖父上に会うのが一番だな。事情が分かれば、それがし、微力ながら、何かお手伝い出来るだろう」

「ふうむ」

「大曲殿、いま、祖父上はどちらにおられる？」

「どうなさるのです？」

「直接訪ねます」

「寒九郎、わたしが案内しよう」

レラ姫が脇から口を挟んだ。

「姫、そんなことをしたら……」

「父は許してくれるわ。それに、いま、父がどこにいるか、わたしは知っているもの」

「いま、どちらに？」

「龍飛の砦。わたしなら、陸路でも行く道を知っている」

「姫、陸路は険しいですぞ。道も深い。獣道《けものみち》しかない。行くとしたら、海路しかない」

「だから、敵も龍飛の砦は攻めて来ない。でも、わたしは抜け道を知っている。馬は置いていかねばならないけど、わたしなら案内出来るわ」

寒九郎は草間と顔を見合わせた。

六

「小僧、起きろ。のんびり寝ている場合か」

大男の声に寒九郎は薄目を開けた。

枕元に蓑笠《みのがさ》を被った、いつもの大男が立っていた。

「……権兵衛《ごんべえ》、また現われたか」

大男は名前を名乗らない。それで、寒九郎は勝手に名無しの権兵衛と呼ぶことにしたのだ。

「小僧、いよいよ祖父《じい》さんと会えそうだな。うれしいか」

大男はどっかりと枕元に胡坐をかいた。

「うれしいのか、うれしくないのか、自分にも分からない。恐いような気もする。会った記憶がないのでな」

「馬鹿め。おまえの祖父さんは、おまえが赤ん坊の時に初めて、おまえをだっこした。おまえの両脇を抱え上げ、高い高いをしたら、おまえはきゃっきゃきゃっきゃと笑いおった。その時、おまえは少しも祖父さんを恐がらなかった。祖父さんは、こいつは大物になると喜んでおった」

「そんなことがあったのか」

「小僧が赤ん坊だったから、覚えていないだけのことだ。祖父さんは、小さなおまえのことを誰よりも大事に思っていた」

「そうだったのか」

　寒九郎はまだ見ぬ祖父が急に身近に感じられた。

「ところで、小僧、おまえのお伽話《とぎばなし》を聞かせる番だぞ」

「それがしのお伽話なんぞ聞いてどうする？」

「誰でも人は、一つは大事な話は持っているものだ。それが話せるようになるのは、大人になった証拠。わしは、おぬしが大人になるのを見届けたい」

「見届けて、どうするのだ？」

「わしは、安心しておまえの傍《そば》から去る」

「消えて無くなるのか？」

「そうだ。二度と現われなくなる。わしに現われてほしくないのなら、おまえの物語を作れ。そうすれば、いやでも、わしは消え去る。もっとも、おまえは、いつまでも泣き虫小僧だからな。わしがいなければ、だめか。情けない小僧だ」

大男は暗がりで大声で笑った。

寒九郎は腹立ちまぎれにいった。

「ようし、分かった。必ずいいお伽話を作って、おぬしが二度と現われないようにしてやる」

「ははは。そいつは楽しみだな」

大男は蓑笠を揺すって笑った。

「では、特別に、もう一つ、わしからお伽話を聞かせてやろう」

「聞きたくない。それがしは眠い。眠らせてくれ」

寒九郎は寝返りを打ち、大男に背を向けた。

「昔々、龍飛のカムイと白神のカムイが十三湖《じゅうさんこ》の美しい女神をめぐって争っていた」

「…………」

寒九郎は目を瞑《つむ》り、ため息をついた。どうせ、ただの恋物語なのだろう？　聞かされる身にもなってみろ。

「小僧、聞いているか？」

「…………」寒九郎は黙って無視した。

「龍飛のカムイは、激しく戦った末、白神のカムイを打ち負かした。龍飛のカムイは、これで十三湖の女神を得られると思って、女神に求婚した。ところが、十三湖の女神は、勝者の龍飛のカムイを選ばす、戦いに負けた心優しい白神のカムイを選んだ。そのため、龍飛のカムイは嘆き悲しみ、海峡を渡り、夷島に渡り、熊になった」

「それでめでたしめでたしか？」

「小僧、聞いていたか。これで終わりではない。女神は白神のカムイと結ばれ、幸せに暮らそうとした。そこに新たにヤマトの黒神《くろかみ》が十三湖に乗り込んで来た。ヤマトの黒神は強く、白神のカムイを追い払い、十三湖の女神に自分の妻になれと迫った。そうしないと、白神のカムイを滅ぼすといわれたのだ」

「それで、女神はどうしたのだ？」

「十三湖の女神は、泣く泣くヤマトの黒神の妻になった。これで、めでたしめでたしだ」

「馬鹿な。そんな終わりのどこがめでたしめでたしだ」

寒九郎は憤慨した。

「そうじゃないか。戦は終わり、ツガルに平和が訪れたのだ。人々はヤマトの黒神を受け入れ、みんな仲良く暮らすようになった。めでたしめでたしではないか」

「それは、ヤマトにとってであろう？　白神のカムイはどうなったのだ？　ヤマトの黒神と戦わなかったのか?」

「戦った。だが、ヤマトの黒神に負け、山の奥に引き籠もった。そこで白神のカムイは、夷島に渡った龍飛のカムイに助けを求めた」

「龍飛のカムイは、白神カムイを助けに戻ったのだろう?」

「戻らなかった」

「なぜ?」

「シグマ、熊になってしまったので、戻りたくても戻れなかったからだ」

「その寓話《ぐうわ》でいったい何がいいたいのだ?」

大男は返事をしなかった。

寒九郎はもう一度寝返りを打ち、大男に向こうとした。

蓑笠を着た大男はいつの間にか、消えていた。

代わりに、小さな人影が蹲《うずくま》っていた。啜《すす》り泣いている。寒九郎ははっとして身を起こした。

「そこにいるのは、幸か?」

「寒九郎様」

黒い人影はやはり幸だった。幸は袖に顔を埋めていた。

「幸、どうして泣いている」

「寒九郎様、なぜに……」

幸は顔を上げた。泣き腫らした目が潤んでいる。

「いったい、どうしたというのだ？」

「わたしは何があっても、寒九郎様をお慕い申し上げております」

「幸、それがしも、おぬしを思うているぞ」

幸の人影が薄くなっていく。寒九郎はあわてて、幸に手を伸ばした。

「寒九郎様……」

「行くな、幸」

幸の姿は消えていた。

寒九郎ははっとして目を覚ました。寝汗をびっしょりとかいていた。

夢だったか。

もしや、幸の身に何か起こったというのか？

寒九郎は手拭いで軀の汗を拭きながら、不安を覚えた。だが、江戸から遠く離れて、何も出来ることはない。

寒九郎は蒲団の上に座り直し、合掌した。

神様、どうか、幸をお守りください。幸が無事であれば、それがしはどうなっても構いません。

寒九郎は心から、そう祈った。

戸外のどこからか、夜明けを告げる鶏の声が聞こえた。

雨戸の隙間から朝の気配が部屋に潜り込んで来た。

第二章　龍飛《たっぴ》の隠し砦

一

　笠間次郎衛門は馬を馳せ、弘前城下町に入り、大目付松平貞親の指示通り、津軽藩次席家老大道寺《だいどうじ》為秀《ためひで》の屋敷を訪ねた。

　大道寺為秀には江戸から早馬で笠間次郎衛門が到着する旨が、すでに伝わっていた。そのため、笠間は次席家老にお目通りすると、さらに北の十三湊に行くようにいわれた。

「鹿取寒九郎と思われる若者が、供侍を連れて、十三湊の船宿に逗留したという知らせが入っている」

「それは、いつのことでござろうか？」

大道寺為秀は、傍《かたわ》らに座った用人に目を向けた。用人は小声で次席家老に何事かを告げた。

「日時ははっきりしないが、五六日前のことらしい」

「寒九郎は、引き続き十三湊に逗留しているのでござろうな」

次席家老大道寺為秀は、用人に答えるようにいった。用人は、畏《かしこ》まりましたといい、笠間に向いた。

「分かりません。移動しているかも知れません」

「どこに？」

「寒九郎は、聞くところによると、祖父にあたる谺仙之助に会おうとしているものと思われます。そのため、さらに北へ行くかも知れません」

「谺仙之助？　聞いたことのある名前でござるな」

「谺仙之助は、谺一刀流《いっとうりゅう》の開祖、かなりの剣の遣い手と見られます」

「寒九郎は、その祖父に会い、どうしようというのですかな」

「おそらく、祖父から谺一刀流を伝授してもらおうというのだろう」

「ほほう。それはおもしろい。寒九郎が祖父から谺一刀流とやらを習った後に勝負するのがいいか、それとも、その前に勝負した方がいいのか」

笠間は腕組みをし、にんまりと笑った。

大道寺次席家老が声を落とした。

「そこで、おぬしに頼みがあるのだが」

「何でございましょうか？」

「寒九郎とともに、谺仙之助も倒してくれまいか？」

「それがしが大目付様から受けた命《めい》は、寒九郎を倒すことだけでござる」

「もし、谺仙之助も倒してくれたなら、大目付様とは別に、それ相当の報奨金を出そう」

笠間はむっとした顔で次席家老の大道寺を見返した。

「お断わりいたす。それがし、カネで雇われて人を殺すような者ではござらぬ」

大道寺は慌てて手を振った。

「いや、相済まぬ。そういうつもりで申したのではない。実は、我が藩は困っておるのだ。谺仙之助は津軽エミシを扇動し、あろうことか我が藩領内を分割占領して、偽の皇子を立ててエミシの国を創ろうとしておってな」

「ほほう。たいへんでござるな」

笠間は興味なさそうに返事をした。

「大目付様は、そのことを気にして、おぬしに寒九郎を討てと申したはず」

「寒九郎が、そのエミシの国創りに加担するとでもおっしゃられるのか？」

「さよう。寒九郎は、そのために谺仙之助を訪ねようとしている。寒九郎の父親鹿取真之助もまた谺仙之助に同調して、謀反《むほん》を起こしたが、こちらは公儀の力をお借りして、なんとか討ち果たした。寒九郎は、その父親の恨みを果たそうとして、祖父谺仙之助に合流しようとしているのだ」

「なるほど」

「大目付様は、おぬしに詳しい事情は話さなかったろうが、谺仙之助の後は寒九郎が継《つ》ぐと読んでおられるのだ。だから、寒九郎がまだ芽のうちに摘んでしまおうとなさっておられる」

「……それが、それがしの役目ということですか」

「さよう。だが、わしらにとって、寒九郎なんぞよりも、主敵は谺仙之助。これまでに、何人も腕が立つ者を送ったが、谺仙之助を打ち破った剣士はいない。谺仙之助は、自分自身を天下無敵だと豪語しておる。誰か、その谺仙之助を討ち滅ぼす剣客《けんかく》はいないか、とわしらは探しておるのだが、これまで、残念ながら誰も名乗りを上げないのだ」

「さようでござったか」

笠間は腕組みをした。

大道寺為秀の思惑は分かっている。谺一刀流の凄さをちらつかせて、笠間次郎衛門の剣気を誘っている。笠間に、寒九郎だけでなく、谺仙之助をも討たせようとしているのだ。誰がその手に乗るものか。

だが、と笠間は考えた。

その谺一刀流とやらを見てみたいという好奇心も芽生えていた。一度、谺一刀流の開祖とやらと立ち合ってみたい。寒九郎を討ち取った後でもいい。もし、開祖の谺仙之助を倒せば、己れの剣の名誉になろう。笠間次郎衛門の名を天下に轟《とどろ》かせることにもなる。また、谺仙之助を倒せば、大目付様もお喜びになるかも知れぬ。

「笠間殿、すぐにでも十三湊に向かわれるがよかろう。ここからは馬もいいが、船で岩木川を下り、十三湖に出て、また渡し船に乗り、十三湊へ行くのがよかろう」

「さようでござるか」

「十三湊へ行ったら、わしの手の者を訪ねるがいい。おぬしのために、寒九郎の行方や居場所を探らせてある」

「かたじけない」

「それから、あらかじめ、忠告しておく。十三湊には、幕府の役人もいる。我が藩の役所もある。だが、どちらにも、エミシの味方となっている者がいる。彼らは信用するな。おぬしが寒九郎を討とうとしている、と分かれば、その話はエミシに筒抜けになり、きっと邪魔をして来る。だから、わしの手の者以外、信じるな」

「分かりました。心に留めておきましょう」

「わしの手の者については、用人が教えよう」

大道寺為秀は、傍らの用人に目配せした。用人は畏まりましたとうなずき、笠間の前に膝行《しっこう》した。

懐から書状を取り出し、笠間に手渡した。

「船宿安楽《あんらく》の番頭与兵《よへい》を訪ね、本人にこの書状を手渡してください」

「その与兵とは、いかな人相の男でござるか？」

「与兵に会ったら、右腕を見てくだされ。卍《まんじ》の刺青《いれずみ》をしています。それが目印でござる」

「うむ」

笠間はうなずき、書状を懐に捩《ね》じ込んだ。

「それでは、さっそくに」

笠間は次席家老の大道寺為秀に一礼して立ち上がった。

二

白神山地のブナ林は、新緑に燃え立っていた。鳥や獣たちは、森のあちらこちらで活発に動き回っている。

灘仁衛門は、久しぶりの故郷で、胸一杯に森の匂いを吸い込んだ。甘く芳《かぐわ》しい香だ。ブナの森は、昔とほとんど変わっていない。先程まで見えた岩木山の山容も、少しも変わらず、仁衛門を迎えてくれた。

仁衛門は背後に目をやった。

何日もしつこくついてきた影も、ブナ林に入ってからは尾行を諦めたのか、まったく気配がしなくなった。

前方から滝が落ちる音が響いていた。

いよいよ、暗門《あんもん》の滝に至る。

仁衛門は再び、枝で作った杖を手に、森の中の道なき道を駆けはじめた。岩があれば、杖を使って、岩から岩に跳び移り、木々の間を俊足で駆け抜ける。

木の枝や藪《やぶ》が行く手を塞《ふさ》げば、素早く杖を地面に突いて飛び越え、また走り抜ける。子どものころ、森の中でエミシ仲間の子どもたちと追い駆けっこをして身につけた棒術、体術だ。

背中に背負った刀が、跳び跳ねる度《たび》にかたかたと音を立てる。走るうちに目の前が急に開け、森が切れた。仁衛門は走る勢いのまま、崖から宙に飛び出した。仁衛門は杖を放り投げ、くるりと身を回し、崖下に広がるブナの木の枝に飛び付いた。枝が仁衛門の重みでしなり、へし折れる。仁衛門は次の枝に飛び付き、そのまた下の枝へと飛び移った。最後にくるりと回転して、草地の上に着地した。

ざあっと音を立てて、水飛沫《しぶき》が上がっている。暗門の第三の滝壺の前だった。手放した杖が水辺に落下して突き刺さっていた。

仁衛門は片膝立ちのまま、はっとしてあたりに気を配った。

狼の群れに囲まれている。仁衛門は滝を背にして、狼たちに向き直った。狼たちは、突然に飛び込んで来た仁衛門に驚き、戸惑っている様子だった。

狼たちは、頭を低くして唸り、牙を剥き出して仁衛門を威嚇《いかく》した。

狼たちの背後に倒されたカモシカの死体があった。子狼たちがカモシカに群がっていた。

仁衛門は狼たちに手で待てという仕草をした。

「おぬしらの獲物を奪おうとは思わぬ。食事中だったとは知らなかった。許せ。すぐに退散する」

仁衛門は笑いながら後退《あとずさ》り、水辺に立った。

狼たちが牙を剝き、仁衛門に飛びかかろうとした。仁衛門は水辺に突き刺さっていた杖を取り、一振りした。狼たちは、一斉に飛び退いた。

ついで仁衛門は狼たちに背を向け、杖を岸辺の石に突いて滝に跳んだ。滝の左右には、段状に岩が連なっている。仁衛門は、その連なった岩の段を身軽に跳び撥ね、崖を登り出した。

さしもの狼たちも、身軽な仁衛門の動きについて行けず、水辺でうろうろしていた。

仁衛門はたちまち滝の上に上がった。

そこから、少し行ったところに、第二の滝が落ちている。

崖の上から狼たちの様子を窺った。狼たちは追いかけて来ない。倒した獲物のカモシカにまた群がりはじめていた。

「手荒い歓迎だな」

仁衛門は笑い、振り向いた。

仁衛門は緊張した。第二の滝の上に人影が大勢蠢《うごめ》いている。

白神エミシか。

いきなり、空を切って何かが飛翔した。仁衛門は反射的に杖で叩き落とした。

赤い尾羽の短い矢だった。

立ち入るなという警告の矢だ。人影は手に手に弓を持っている。

仁衛門は杖を地面に突き刺し、両手を拡げて上げた。

「白神エミシよ。それがしは同胞。敵ではない。人を探しておるだけだ。無断でここへ立ち入ったことをお許しくだされ」

仁衛門は大音声《だいおんじよう》のエミシ語で叫んだ。

崖の上に並んだ人影から、黒髯《くろひげ》を生やした大男が現われた。

「同胞と名乗る者よ、おぬしの名は何と申す?」

「灘仁衛門。これはヤマトの名。それがし、幼少のころのエミシの名は、ヘペレ」

「ははは。ヘペレ(小熊)か。いまは、だいぶ容貌が違うな。まるで大熊ではないか」

「そういうおぬしは?」

「わしは、ウッカだ」

「おぬしの名、子どものころに、聞いたことがある。暗門の餓鬼大将だったのではないか」

「おう。そうよ。子どものころ、白神エミシで知らない者はいなかった。ワル餓鬼の総大将だった」

「いまは？」

「大人しくなって、高倉森《たかくらもり》のコタンの長《おさ》だ。そういうへペレ、どこのエミシだ？」

「それがしは、十二湖《じゆうにこ》エミシの村に育った」

「そうか。十二湖エミシか」

ウッカはさっと手を上げ、散れという仕草をした。白神エミシたちは、それを合図に潮が退くように崖の上から姿を消した。

代わってウッカが宙を飛ぶようにして、滝の脇の岩場を駆け下りて来た。

ウッカの大柄な軀は、どんと音をたて仁衛門の前に飛び降りた。

「へペレよ、人を探していると申しておったな。いったい誰を探しているのだ？」

「寒九郎。鹿取寒九郎と申す者だ。こちらに立ち寄ったのではないか？」

「うむ。こちらに立ち寄った」

「いま、どこに居る？」

「知らない。南部嘉門殿なら存じているかも知れない」

「南部嘉門殿？　お会いできるか？」

「いや、南部嘉門殿もここにはいない。老師に呼ばれて、十三湊へ出掛けた。ここにはいない。しかし、どうして寒九郎殿を探している？」

仁衛門は一瞬躊躇《ちゅうちょ》した。

嘘をつくべきなのか、それとも正直にいうべきなのか。

仁衛門は正直にいうことに決めた。

「寒九郎と立ち合うためだ」

「なに、寒九郎様と立ち合うだと」

ウッカは顔を強ばらせた。

「うむ。それがそれがしの宿命らしい」

正直にいったら気が楽になった。

「へペレ、寒九郎にはアラハバキの血が流れているのだぞ。谺仙之助の孫だ。その寒九郎を斬ろうというのか？」

「いや、立ち合えば、それがしが斬られることになろう」

仁衛門はこれまた正直にいった。

ウッカは驚いた顔になった。

「何か訳がありそうだな」

「うむ」

「どんな訳があるのだ？」

「かつて、それがしの両親をはじめ一家全員が殺された。唯一幼児のそれがしだけが生き残った。ある方が助けてくれたのだ。その方は、それがしを我が子のように可愛がり、育ててくれた」

「ふむ」

「その方から寒九郎を探し出して斬れと命じられたのだ」

「断れぬのか？」

「助けてくれた恩義に背《そむ》けというのか？　それがしには出来ぬ」

「その恩あるお方とは誰だ？」

「いえぬ。いえばおぬしを斬らねばならぬ」

仁衛門はため息混じりにいった。

「恐ろしいことをいうな。分かった。聞かぬ。その代わり、寒九郎様の行方について知っていてもいえぬ」

「分かった。一つだけ聞かせてくれ。寒九郎について、おぬしはどう見た?」

「そうだな」

ウッカは目を閉じ、そして開いた。

「清々《すがすが》しい真直ぐな男だ。裏表がなく、誠実に人に尽くす男だ。もし、寒九郎様を斬る者がいたら、きっと一生後悔するだろう」

「それを聞いて安心した。同じ斬られるにしても、相手が悪いやつだったら死ぬわけにいかない。無駄死にはしたくないのでな」

仁衛門はふと微笑んだ。

「へペレ、これから、どうする?」

「どこかで野宿する」

「今日はうちに寄って泊まっていかぬか。まもなく日も暮れる」

「寒九郎を狙うそれがしを泊めるというのか?」

「ああ。もう少し話し合えば、寒九郎様を殺さないでも済む方法が思い浮かぶやも知れぬ」

「それがしが、死ねば、それでいいではないか。すでに江戸を発った時から、死ぬ覚悟は出来ている」

「無駄死はしたくないだろう？　無駄死しない生き方を考えようではないか。まあ、わしの家に寄れ。女房に旨いアラハバキ料理を用意させる。子どもたちもいる。今夜はわしと酒を酌み交わそう。久しぶりに故郷に戻って来たのだろう？　同胞として、わしがヘペレの帰還をお祝いしよう」

「……いいのか？」

「遠慮するな」

「ありがとう」

仁衛門はうなずいた。

「ついて来い」

ウッカは大股で歩き出した。仁衛門は、その後からついて歩いた。

三

まだ陽が昇らぬ未明に寒九郎と草間大介は起きて、出立の用意を整えた。

厩にいる楓と疾風に鞍を着けた。楓も疾風も十分に休養を取り、すこぶる元気な様子だった。

大曲兵衛は、本来なら自分が同行すべきところだが、師匠の砌仙之助から命じられた大事な役目があり、それを果たさず、龍飛砦《とりで》に行くわけにはいかないと、寒九郎に詫びた。

寒九郎も、祖父から会いに来るな、といわれているのに、祖父の指示に従わず、無理に会いに行くのだから、大曲殿を巻き込むわけにはいかない、むしろ、いろいろ協力してくれたことに感謝した。

「あなたたちは、いちいち面倒なのね」

いつの間にか現われたレラ姫は、寒九郎と大曲兵衛のやりとりに呆れた顔をした。

「会いたければ、ぐずぐずいっていないで、さっさと会いに行けばいいじゃないの」

「それはそうだが」

寒九郎と草間大介は、そういいながらレラ姫の出で立ちに目を奪われた。

レラ姫は作務衣に似た筒袖《つつそで》と短い裁着袴《たつつけばかま》を穿き、背中に小太刀を背負っていた。

筒袖も裁着袴も深緑色に染め上げられ、ところどころ黒い模様が入っている。長い黒髪はひっつめにして後ろで束ね、馬の尾のように垂らしている。

額には白い鉢巻きがきりりと締められている。筒袖の胸元はやや盛り上がり、袖から出た腕は小麦色に日焼けして艶《つや》やかだった。

すらりと伸びた美しい脚は短い裁着袴では隠しようもない。両の足は獣の鞣《なめ》し革で作った沓《くつ》を履《は》いていた。沓はしっかりと革紐で縛られており、荒地や岩場を歩き回っても、容易には抜けない。乗馬するにも山歩きするにも向いている沓に見えた。

「なによ。あなたたち、じろじろとわたしを見て。フサ、わたしの狩衣《かりぎぬ》、どこか変？」

レラ姫は自身の身形《みなり》を見ながら、傍らのお付きの女に訊いた。フサと呼ばれた女は、笑いながら、いま一度レラ姫の衣装を点検した。

「いいえ。お嬢様、どこも変なところはありません。狩衣がとてもお似合いですよ」

「そうでしょう？　なのになによ、あなたたちは変な目付きでわたしを見て」

レラ姫は、黒目がちの大きな眸《ひとみ》で寒九郎と草間大介を睨んだ。寒九郎は手を振った。

「いや、変ということではない。似合うから、つい見とれていた。そうだよな」

寒九郎は草間に向いた。草間は慌ててうなずいた。

「そ、そうです。姫はほんとうに狩衣がよくお似合いだ」

「そう。よく似合う。見違えるようにきれいだ。うそはつかない」

寒九郎は手放しで誉めた。傍らにいた大曲兵衛も、にこにこと笑っていた。

レラ姫はまだ半分信じられない顔をしていたが、ようやく納得した様子だった。

そのころにはレラ姫や寒九郎たちの出立を知った村人たちが、ぞろぞろと家々から出て来て、広場に集まった。

レラ姫は手慣れた様子で白馬の鞍《くら》を点検したり、腹帯《はらおび》を引いたりして確かめた。

白馬の名は、シロ。七歳の牝馬。

白馬は出掛けると分かったのか、脚を踏み鳴らし、いなないていた。レラ姫は白馬を宥《なだ》めながら、厩から出て行った。

寒九郎と草間も、楓と疾風の轡《くつわ》を取り、レラ姫に続いた。

「どうどう」

レラ姫は白馬の轡を取りながら、村長や大曲兵衛とフサに向いた。

「では、村長様、大曲様、フサ、わたしの留守中、よろしうお願いしますね」

大曲が低い声でいった。

「姫、くれぐれも、お気を付けください。万が一にも、何かありましたら、狼煙《のろし》を上げてください。可及速やかに駆け付けますゆえ」

「分かりました。では」

レラ姫は白馬の鐙に足を掛けると、勢いよく背に跨がった。

寒九郎も草間も続いて馬上の人となった。

「では、参るぞ」

レラ姫は両の鐙で白馬の横腹を軽く蹴った。白馬は弾かれたように走り出した。レラ姫の後ろに垂らした黒髪の尾が、馬の尾と一緒に揺れる。寒九郎も草間も、レラ姫の黒髪の尾を眺めながら後に続いた。

村を囲む柵の出口を走り出る時、老門番の海太郎が手を振っているのが見えた。

三騎は、レラ姫の白馬を先頭に縦列になって、海沿いの小道を北の方角に駆けて行く。

右手には低いが急峻《きゅうしゅん》な丘陵が伸びている。丘陵には低い灌木《かんぼく》やカラマツ、ダケカンバ、杉、松などがびっしりと身を寄せ合って、厳しい冬の積雪と極寒の海風に耐え忍んで生き延びているのだ。

わずかに一間《けん》か二間の幅しかない海岸の平地には、ハマナスやクサフジ、ユリなどの海浜植物が可憐な花を咲かせている。

その海浜も小半刻も行かぬうちに岩だらけの岩場になって終わった。そこからは海に迫り出すような岸壁になり、大きな波が岩に打ち付けていた。

レラ姫はシロの手綱《たづな》を引き、手を上げて寒九郎と草間を止めた。

「この断崖絶壁を伝わって回り込んだ先に龍飛岬がある。でも、海に面した崖を伝って行くことは出来ないので、山に上がり、尾根伝いに岬を目指す。ここからは四足の馬でも難儀な山道。馬を引いて行く。いいですね」

レラ姫はひらりと馬の背から下りた。寒九郎も草間も、馬から飛び降りた。

「ここから砦までは、どれくらいかかるのだ？」

「あなたたちの足による」

レラ姫はじろりと寒九郎と草間の足元を見た。寒九郎も草間も白神マタギたちから貰った鹿皮の沓を履いていた。マタギが山の中を獲物を求めて歩き回る際に履く沓だ。

「まあ、それなら大丈夫ね。あとはあなたたちの脚力次第。道に迷わねば、およそ一刻、遅くても昼ごろまでには着く」

「道に迷う？　姫でも道を忘れるのか？」

「初めから、道なんかないのよ。それに一冬越える度に、崖崩れや土砂崩れの跡があって、越えるに越えられない場所も出て来る。山は生きているのよ。毎日毎日、山は変わった顔を見せてくれる」

「そうか。それにしても……」

寒九郎は急な山の斜面を見上げ、険しいという言葉を飲み込んだ。灌木や杉、松が生えているので、外見上、なだらかな山の斜面に見えるが、緑の間から岩肌が露出しており、かなり険しそうであった。

「それから、わたしを姫って呼ばないで。わたしはレラ。だから、レラって呼んでよ。わたしもあなたたちを、寒九郎、大介と呼び捨てにするから」

　寒九郎は草間と顔を見合わせた。

「我らはどう呼ばれてもいいのですが、そうはいわれても、我らにとって、レラ姫様はやはりお姫様ですからな」

「仕方ないわね」

　レラ姫は肩を竦めた。一陣の風が吹き寄せ、レラ姫の黒髪をなびかせた。レラ姫は手で髪を抑えていった。

「ところで、あなたたち、風は好き？」

「好きでござる」

　寒九郎は海から吹き上げる風を受けながら即座に答えた。

「それがしも」草間もうなずいた。

「寒九郎、あなたの名前も北風よね」

「さようでござる」

「鹿取が本当の姓なのに、どうして北風寒九郎と名乗っているの？」

寒九郎はちょっと言葉に詰まった。

「……北風は従兄弟《いとこ》が付けてくれたあだ名で、深い意味はござらぬ。おそらく、それがし木枯らしに吹かれて、江戸の街にふらりと現われたからでござろう」

「私が生まれたのは、北の大地に風が吹き荒れていた夜だったそう。母様は風の唄を聞きながら、私を産んだ。それでお父様は、私にレラと名付けた。だから、私は風の子よ」

レラ姫はちらりと寒九郎に目を流し、微笑んだ。海からの爽やかな風が、またレラの黒髪を撫でて吹いた。寒九郎は風に吹かれるレラ姫に見とれた。

風姫と呼ぶにふさわしく美しい。

「さあ。行きましょう。昼までに着きたいのでしょ？」

レラ姫はシロの手綱を摑み、身軽に岩だらけの斜面を上りはじめた。シロが、しっかりした足取りで、レラ姫のあとを登って行く。

寒九郎と草間も楓と疾風の手綱を引いて登りはじめた。

斜面は下から見上げた時よりも、険しく急だった。灌木や草に隠されているが、岩石がごろごろ転がっている。小さな岩石に足をかけると、すぐに崩れ落ちる。

レラ姫はまるでカモシカのように岩石だらけの斜面を身軽に上がって行く。時折、シロを止めて、寒九郎たちを見返して待ってはくれるが斜面を登りはじめると、見る間に追い付けなくなる。

楓も疾風も急斜面登りに必死だった。岩に蹄《ひづめ》を滑らせたりして体を崩しても、すぐに体勢を取り直して、坂を登る。そのうち、楓も疾風も急斜面を登るこつを覚えたらしく、寒九郎や草間を逆に引っ張るように登りはじめた。

目の前の斜面の道なき道を進むうちに、急にあたりが広くなり、視界が開けた。連なる山の尾根に出たのだ。

四方八方が見渡せる。三方は青々とした海原が広がっていた。東側と北側の海の彼方に島影が横たわっていた。白い鳥が舞っていた。

寒九郎も草間も声を出さずに、壮大な光景に見とれて感嘆した。

先に上がっていたレラ姫が両手を大きく拡げて風を受けていた。長い黒髪が風になびいていた。

「ふたりとも、着いたわね。ここからしばらくは楽な尾根道を行く。そして、あれが龍飛岬よ」

レラ姫がしなやかな腕を前方に伸ばして、指差した。上り下りする尾根の連なりの先にこんもりとした樹林を頂いた岬が海に突き出ていた。

「砦は、どこにあるのだ？」

「ここからは見えない。一目見ても分からない隠し砦なの。さ、ついて来て」

レラ姫はひらりとシロに飛び乗った。寒九郎も草間も相次いで楓と疾風の背に跨がった。

尾根道は人ひとりが歩けるような細道だったが、急斜面を登るような危険は少なく、歩きやすそうだった。楓も疾風も、安心して先を行くシロの後からついて行く。

上下を繰り返す尾根道を二山ほど越えると、レラ姫は右手の斜面を差した。尾根道は行かず、そこから下りるらしい。緩やかな斜面にはこんもりとした樹林が広がっていた。

レラ姫のシロを先頭に道なき道の下り坂をゆっくりと下りて行く。鬱蒼《うつそう》とした森に入った。昼でも薄暗い。倒木が行く手を阻《はば》み、ブナや楢《なら》、樺《かば》や松が密生した坂を下る。

レラ姫は勝手知った道のように、シロを自在に操《あやつ》り、森の中を進んだ。ブナや楢、松の低い枝葉が顔にあたる。それらを避けて行くうちに、突然、平坦な小さな草地に出た。右手の森から人ひとりがやっと通れるような山道が草地に繋がり、獣道と合流していた。

行く手に鬱蒼とした新たな森の入り口があった。その前でレラ姫はシロを止め、馬上で伸び上がり、大声で何事かを叫んだ。

寒九郎と草間も馬を止め、レラ姫の様子を眺めていた。

突然、森の木々の枝に人影が現われた。いずれの人影も、レラ姫同様に濃緑色の衣裳を着込み、草や枝の葉の迷彩を施していた。背中に刀を背負い、腰に矢筒を下げ、手には弓を持っていた。

レラ姫は手を上げた。それに呼応するように、二三人がばらばらっと木の上から飛び降りた。男たちはレラ姫の前に片膝立ちして出迎えた。

「姫様、よくぞ、御出《おい》でになられましたな」

「客人たちを案内して参った。父上や谺仙之助様は居られような」

髯面の男が頭を下げて答えた。

「はい。居られます。ただ、谺仙之助様のお具合があまりよくありません」

思わず寒九郎が口を出した。

「なに、祖父上はご病気なのか？」

「あなた様は？」髯面の男は不審げな顔で訊いた。

寒九郎が答える前に、レラ姫が先に説明した。

「こちらの客人は、谺仙之助様の孫、寒九郎様です」


「さようでございますか。谺様は以前より、心の臓を患《わずら》っておられました。それが、こちらに来て、やや悪化なさり、いまは安静になさっておられます」

寒九郎は草間と顔を見合わせた。

「伏せっておられるのか？」

「いえ。今朝は起きられて、朝稽古をなさっておられました」

「なんだ、稽古をなさる元気があるんだ」

寒九郎はほっと安堵した。レラ姫は寒九郎について来いという仕草をした。

「寒九郎、大介、参るぞ」

レラ姫はシロの横腹を鐙で蹴った。シロは勇躍森《ゆうやく》の中の山道を速足で駆けた。寒九郎と大介はレラ姫を見習い、後を追った。

山道に入った途端、異様な光景が目に入った。頭上の木々の枝枝に太い丸太や岩石を荒縄で吊るしてあった。不審者が森に入ると、上から丸太や岩石が落とされるのだ。

さらに森の中に丸太の杭を組合せた柵が隠されていた。柵の片面には、丸太の先端を削って作った槍が何十本と並べられた槍衾《やりぶすま》になっていた。それは、大勢の騎馬武者たちが乗り込んで来た場合に、山道に立てられ、行く手を阻む柵になる。

さらに行くと山道は急につづら折りの上り坂になっており、道の左右に草や木の枝で蔽《おお》いをして隠した土塁が覗いていた。登ってくる敵を土塁から弓矢で狙い撃ちするのだろう。

坂の上には巨大な岩石が何個も杭で止めてあり、いざという時に杭を外せば、岩石がつづら折りの坂を転げ落ちて行く。つづら折りの狭い坂道を登る敵は転がる岩石を避けることは出来ないに違いない。

寒九郎は、おそらく敵の来襲に備えて、まだまだ隠された仕掛けがあるに違いないと思った。

先頭のレラ姫が坂の上に到着すると馬を止めた。そこには向かいの岩場の道まで渡した頑丈そうな吊橋が架かっていた。

向かいの岩場の背後には、こんもりと繁ったブナや楢、樺の森があった。尾根から見えた龍飛岬の頂《いただき》の森だった。

吊橋の袂《たもと》には、番人たちが立っていた。番人たちは、レラ姫を見ると、みな歓声を上げて迎えた。

レラ姫は馬からひらりと飛び下りた。寒九郎と草間も馬から下りた。

「ここからは馬は渡れないので、彼らに馬を渡して。厩に預けます」

「厩？」

寒九郎はあたりを見回した。その付近は岩だらけで厩らしい小屋はない。番人たちは顔を見合わせて笑った。

「隠し厩でござる」

レラ姫も笑った。

「すぐには分からないよう、岩を刳《く》り貫《ぬ》いて造った厩です。この岩場の陰に出入口があるのです」

レラ姫は吊橋の袂にある大きな岩の陰に回る小道を指差した。

「そんなところに厩の洞穴《どうくつ》があるのか」

寒九郎は草間と顔を見合わせて感心した。

「敵が攻めて来ても、すぐには厩が分からないようにしてあるのです」

レラ姫はシロの手綱を番人に手渡した。番人たちは一緒に楓と疾風の手綱を受け取り、三頭を引いて岩を回り込む小道に消えた。

「さあ、私たちも隠し砦に行きましょう」

レラ姫は先頭を切って、するすると吊橋を渡り出した。

続いて寒九郎は吊橋に一歩足を踏み出した。

吊橋を渡した岩と岩の間から下界が見えた。途端に目眩《めまい》がした。

レラ姫は何事もないかのように吊橋を渡って行く。同じように足を出して渡ろうと思うのだが、足が出ない。

吊橋の幅はおよそ三尺《じゃく》、長さおよそ十間《けん》。

両手で手摺《てす》りを摑み、そろそろと足を出す。

蔦《つた》で丸太が頑丈に縛られた橋だった。丸太の隙間から深く切り立った崖の下が見えた。白波が打ち寄せ、岩を食んでいる。千丈《せんじょう》もありそうな高さだった。一歩足を出す度に、橋は前後左右にゆらゆらと揺れる。風が谷底から吹き上げ、吊橋を揺する。

レラ姫は渡り終わり、対岸に立った。レラ姫の体重が橋から消えた瞬間、橋は大きく揺れて波打った。

寒九郎は思わず蔦の手摺りに縋《すが》り付いた。

レラ姫が笑いながらいった。

「寒九郎、止まらない。下を見ないで歩くのよ。大丈夫」

「頭では分かっているんだが、足が出ない」

寒九郎は我ながら情けなくなった。

考えてみれば、昔から高所は苦手《にがて》だった。足場がしっかりしたところならば、高所でもかなり我慢出来るが、吊橋のような揺れる所は立っているだけでも恐い。

「さ、わたしだけを見て。大丈夫、そう、わたしだけを見て歩くの」

レラ姫は微笑み、両手を差し出した。黒目がちな大きな眸が優しく寒九郎を見つめていた。寒九郎はレラ姫を見た。

寒九郎はいわれるままにレラ姫を見つめ、足を一歩出した。

「そう。わたしだけを見つめて」

レラ姫が寒九郎に笑いかけた。よく見れば、レラ姫は美しい娘だった。目がきらきら輝いている。頰に笑窪《えくぼ》が浮かんでいた。肉感的な上下の唇が、寒九郎をそっと誘っている。どこか、幸の面影に似ている。レラ姫だけが見え、下界やほかの風景が見えなくなった。寒九郎は足を前に出した。

「そう、わたしだけを見つめて」

寒九郎はのろのろと丸太の橋を歩き出した。

「そう。わたしだけを見つめて歩く」

レラ姫が両手を差し出した。寒九郎は何も考えず、レラ姫だけを見つめて歩いた。

だんだんとレラ姫の笑顔が近くなって来た。

「わたしだけを見つめて。ほかは何も考えない」

足許がゆらゆらと揺れるが気にならなくなった。一歩ずつレラ姫に近付いた。

やがてレラ姫の手がさっと伸び、寒九郎の手を摑んだ。レラ姫が寒九郎を引き寄せた。寒九郎は対岸の岩場に足をつけた。

「さあ、着きましたよ」

レラ姫の真剣な眸が間近にあった。レラ姫の唇が迫っていた。寒九郎ははっとしてレラ姫から身を離した。レラ姫も羞《はず》かしそうに身を引いた。

「いやあ、恐かった」

草間大介もようやく吊橋を渡りきり、寒九郎の隣に立った。

「まったく。冷汗をかいた。夢に見そう」

寒九郎は草間と苦笑いをした。

「二人とも、何度も渡れば、すぐに慣れる」

レラ姫は朗らかに笑った。寒九郎も釣られて笑った。

殺気！

それも凄まじい殺気が押し寄せて来る。

寒九郎は思わず腰の小刀の柄に手をかけた。

背後は崖。飛び退く場所はない。

レラ姫の顔が強張った。レラ姫の背後に三人の人影が立っていた。レラ姫はゆっくりと振り向き、寒九郎を庇うように両腕を拡げて背後の人影の前に立った。

「父上、お待ちください。この者は、怪しい者ではございません」

「なに、そやつは、おまえに付きまとう松前の紅野文志郎ではないのか?」

白い衣冠単《いかんひとえ》姿の神主が立っていた。細面《ほそおもて》の端正な顔立ちをしている。神主の背後に護衛の武士が二人、刀の柄《つか》に手をかけ、いつでも斬りかかる構えだった。二人とも、かなりの腕の侍だと、寒九郎は見た。

「違います。わたし、紅野文志郎は嫌いです。紅野は勝手にわたしに思い入れして、付きまとうだけ。この方は、谺仙之助様の孫の鹿取寒九郎殿、御供の草間大介殿」

「なに、谺尊師のお孫さんだと?」

神主は二人の護衛に引けという仕草をした。

二人の護衛は、するすると後退った。殺気がみるみる消えて行く。寒九郎も草間大介も、ほっと安堵した。小刀の柄から手を離した。

後ろの岩陰から、もう一つの人影が現われた。

白髪に山羊のように長く伸ばした白髯《はくぜん》。まるで仙人のような老人だった。眼光は鋭く、目に険《けん》があった。

「おぬしが寒九郎だというのか」

「祖父上、会いとうございました」

寒九郎は思わず老人に走り寄り、地べたに平伏した。慌てて草間大介も一緒に平伏した。

「それがし、鹿取真之助の息子寒九郎にござる。こちらに同行せし者は、草間大介にござる」

「傅役の草間大介にございます」

「たわけ者、この程度の吊橋が、よう渡れぬとは、なんとも情けない。女子の手を借りねば、渡れぬとは何事だ」

谺仙之助は大声で寒九郎を叱った。

「申し訳ありません。それがし、高いところは慣れておらず、だめなようです」

寒九郎は頭を掻いた。祖父仙之助は言葉はきついが、目が笑っていた。本当に怒っているのではない。

それでも、レラ姫が寒九郎の肩を持ち、仙之助に取り成した。

「尊師様、寒九郎様は決して弱虫ではございません。何度か渡って慣れたら、こんな吊橋は平気の平左《へいざ》になりましょう」

「姫は優しいのう。寒九郎、姫に感謝せねばならんぞ」

仙之助が厳しい顔を崩して、微笑んだ。

「はい。祖父上」

寒九郎はレラ姫に顔を向け、頭を下げた。

仙之助は感慨深そうにいった。

「実は、わしも子どものころ、情けないことに、高い所は苦手じゃった。どうやら高所に弱いのは谺一族の血筋らしい。さっきのおぬしの怖《お》ず怖ずとした渡り方を見ていたら、己れの若いころそっくりなのを思い出した。ほんとに情けないが、それが谺の一族に共通する欠点だ」

「しかし、祖父上は、高い岩場や山岳を飛び回る山岳剣法を習得なさったのでは？」

「だから、わざわざ修験者《しゆげんじや》たちに混じって修行し、高所への恐怖を克服したのじゃ」

「そして、谺一刀流を編み出した」

仙之助は顔を急に強張らせ、頭を左右に振った。

「寒九郎、その話をしに来たのなら、すぐに退散いたせ。谺一刀流のコの字も話したくない」

祖父の気持ちは分かった。寒九郎はすぐさま話の矛先を変えた。

「分かりました。祖父上になんとしてもお目にかからねばならない訳があります」

寒九郎は懐から父の書状を取り出し、祖父に差し出した。

「これは？」

「父鹿取真之助から祖父上に宛てた書状にございます」

仙之助は書状を開いて目を通した。

「これは、寒九郎、おぬしに宛てて書いた手紙ではないか」

「はい。それがしに、なんとしても、この書状を祖父に届けよとあります。途中からは祖父上にあてた手紙で、読めないように蠟《ろう》で封印されております。それがしは、封印された手紙については、いっさい手を触れず、開けもしませんでした」

「うむ」

仙之助は封印が開けられていないのを確かめた。

「いまは祭祀《さいき》の途中だ。祭祀を済ませ、落ち着いてから読もう。ともあれ、寒九郎、ご苦労であったな」

仙之助は、寒九郎に礼をいい、封印を開けず、そのまま書状を懐に入れた。

「ところで、おぬしたち、安日親王様にご挨拶していないな」

「はい、まだでございます」

仙之助は衣冠単姿の神主の前に跪《ひざまず》いた。

「安日親王様、こやつは、それがしの孫、鹿取真之助が一子《いっし》寒九郎にございます。ご挨拶が遅れたご無礼をお許しください」

「我々の無礼を、どうぞお許しください」

寒九郎は衣冠単姿の神主に向き直り、平伏した。慌てて草間も寒九郎の後ろで神主に平伏した。

安日皇子は鷹揚《おうよう》にうなずいた。

「許すも許さぬもない。そうか。おぬしが、鹿取真之助の息子の寒九郎か」

「親王様は、父鹿取真之助を御存知なのでござるか？」

「うむ。十三湊で、おぬしの父鹿取真之助殿と御新造菊恵殿にお会いしたことがある。まだ、おぬしは生まれておらんかったが」

「さようにございましたか」

安日皇子は穏やかな顔から悲しげな表情になった。

「ところで、鹿取真之助殿と御新造の菊恵殿は、刺客に襲われ、亡くなられたそうだな」

「はい」

「その原因は、私にあると責任を感じている。申し訳ない。許してほしい」

安日皇子は寒九郎に頭を下げた。

「それは、どういうことでございましょう？」

「私が鹿取真之助殿に書簡を送り、国造りに協力してもらおうとしたのだ」

「父は、いかな返事を」

「私のため、谺仙之助殿のため、協力するという返事だった。鹿取真之助殿は、藩主や家老たちも説得してくれた。私は、あまり急がぬようにといったのだが、反対派の反感を買ってしまったのだろう。おぬしに、済まないことをした、と思っておる」

「勿体《もったい》のうございます。親王様がお謝《あやま》りなさることはありません。もはや起こってしまったことでござる。覆水《ふくすい》盆に返らずにございます。あとは、それがしが、父上母上の無念を背負って生きていくしかありません」

岩陰から斎服《さいふく》姿の男たちが現われ、安日皇子の前に跪いた。

「親王様、ご用意が整いました」

「うむ。ご苦労」

安日皇子は斎服の男たちに先導されて、岩陰に引き上げて行った。護衛の狩衣姿の武士たちも静々とついて行く。

寒九郎は、レラ姫を探した。レラ姫はいつの間にか姿を消していた。

仙之助は安日皇子たちが岩陰に消えるのを見送った後、寒九郎と草間にいった。

「おぬしたちもついて参れ。興味深いものを見られるぞ」

「はい」

寒九郎と草間は、仙之助の後に続いて岩陰に回った。

岩を回ると、暗い洞窟の入口が開いていた。仙之助は杖をつきながら、洞窟の中に入って行った。寒九郎も草間と一緒に洞窟の中に足を踏み入れた。

洞窟は回廊のようになっており、足許はなだらかな下り坂になっている。回廊の岩壁には、何本もの松明《たいまつ》が燃えており、回廊を仄《ほの》かに明るくしていた。

松明の炎に照らされた仙之助の黒い影が回廊の岩壁に揺らめいていた。洞窟の奥から大勢の人の騒《ざわ》めきが聞こえた。

やがて回廊は終わり、天井が高い大広場になった。そこに大勢の老若男女が集まっていた。広場の真ん中に大きな焚火《たきび》があり、真っ赤な炎を上げていた。見上げると天井の一角には、ぽっかりと穴が開いており、そこから陽光が一条の帯となって差し込んでいた。光はちょうど正面の祭壇を照らしていた。

正面の祭壇の前には安日皇子が座り、祝詞《のりと》をあげていた。祝詞は静かに洞窟の中に響き渡った。祖先を祀《まつ》る祝詞だった。

安日皇子の後ろには、白衣に緋袴《ひばかま》の巫女《みこ》たちがかしずいていた。寒九郎ははっとして巫女たちを見直した。巫女たちの中に、いつの間にか、白衣と緋袴に着替えたレラ姫の姿があった。レラ姫は居並ぶ巫女たちの中でもひときわ美しく気品があった。

仙之助は広場の隅《すみ》の桟敷に正座した。寒九郎と草間は、仙之助と並んで座った。

安日皇子の祝詞が終わった。安日皇子が巫女たちとともに、祭壇の陰に消えた。人々の静かな騒めきが起こり、広場の空気が和んだ。

ついで若い巫女たちに手を引かれた盲目の老婆が現われ、祭壇の前に座った。それまで黙って座っていた人々が老婆の前ににじり寄った。口々に何事かを老婆に訴えていた。

仙之助が寒九郎にいった。

「これから、イタコによる口寄《くちよ》せが始まる。ようく見ておけ」

「イタコ？」

「あの盲《めしい》の老巫《ろうふ》だ」

「あの婆さんがイタコなのですか？」

「そうだ」

「口寄せというのは？」

「口寄せは、亡くなった人や祖霊の魂を、イタコがあの世から呼び寄せ、イタコ自らの身に乗り移らせて、死者や祖霊に語らせる」

「まさか」

寒九郎は、草間と顔を見合わせた。

「そのまさかをイタコはしてくれる。死者と会話が出来るのだ」

寒九郎は信じられない思いで、人々が群がるイタコの老婆を見ていた。老婆が何事か語り、髪を振り乱した女が夫と抱き合って泣いている。

「あの夫婦者は、去年男の子を亡くしていた。ここへ来てイタコを介して男の子と会っているのだ」

「どうして、イタコはそんなことが出来るのですか？」

「イタコは、日頃、こちらの世と冥界《めいかい》を行き来して、死霊や祖霊と暮らしている。イタコは、冥界で彷徨《さまよ》い、成仏《じょうぶつ》出来ない死者の嘆きや遺《のこ》せなかった言葉を、自分が身代わりになって、生者に伝えてくれる。そうすることで、迷っている死者は成仏出来るのだ」

寒九郎は、ふと両親を思った。もし、父鹿取真之助と母菊恵が、成仏出来ずに、冥界を彷徨っているのだったら。

「祖父上は、イタコに口寄せしてもらったことがあるのですか？」

「うむ。一度ある。だが、それ以来、わしは二度とイタコに口寄せはしてもらっていない」

「どうして、ですか？」

「わしは、己れがやったことを恥じ、以来、それから逃れられないでいる。これ以上、わしに聴くな」

仙之助は顔をしかめ、話したがらない様子だった。

「それがしも、イタコに口寄せをお願い出来ますかね？」

仙之助は、じっと寒九郎の顔を凝視した。寒九郎の気持ちを悟ったのか、大きくうなずいた。

「うむ。お願いしてみたらいい。もし、菊恵や真之助の霊が近くに来ていれば、口寄せに出て来るかも知れぬ」

「お願いしてみます」

寒九郎は桟敷から立ち上がった。嘆き悲しむ人々の間を掻き分け、祭壇の前の老婆に近付いて行った。

イタコの老婆は嗄《しやが》れ声で、一組の漁師夫婦にあれこれと何事かを語っていた。漁師夫婦は感極まって、老婆の前においおい泣き崩れていた。どうやら、亡くなった母親と話をしている様子だった。

寒九郎は、イタコの周囲を取り囲む人垣の後ろに座ろうとした。

突然、金切り声の悲鳴がイタコの老婆の口から洩れた。盲の老婆はよろよろと立ち上がり、枯れ枝のような痩せ細った手の指で寒九郎を指した。かっと白濁した両目を開き、寒九郎の方を見ている。

周囲の人たちは、何事が起こったのかと、寒九郎と老婆を見ていた。

「……かんくろう！」

老婆はよろめきながら、寒九郎に歩いて来る。人垣が左右に開き、老婆はよろよろと歩いて来る。寒九郎は驚いて老婆に見入った。

「寒九郎！　無事だったのね」

母上の菊恵の声が聞こえた。嗄れた声は、たしかに母上の声だった。年老いたイタコに菊恵の影が透けて見えた。

「母上」

寒九郎は思わずイタコに駆け寄った。老婆は寒九郎に抱きついた。

「母上、母上。会いとうございました」

　寒九郎は老婆を抱き寄せた。老婆の軀は枯れ木のようだったが、たしかに母の感触があった。

「寒九郎、よくぞ、生き延びたな。さすが我が子だ」

　父真之助の声が老婆から洩れた。寒九郎は老婆から飛び退き、平伏した。

「父上、会いとうございました。無事、祖父上様にお会いし、父上の書状をお届けしました」

「寒九郎、よくやった。だが、我が義父仙之助に、なぜ、谺一刀流を封印したのかは、訊くな。義父も苦しんでいるのだ。義父が話す時まで待て」

「はい。父上のおっしゃる通りに致します」

　寒九郎は周囲でみんなが見守る中、イタコの老婆に平伏した。

「寒九郎」

　母の菊恵の声に替わった。

「母上」

　寒九郎は老婆を通してぼんやりと透けて見える菊恵に頭を下げた。菊恵と一緒に父真之助の顔も見える。二人とも笑顔だった。

「寒九郎、元気でね」

「寒九郎、気張れ。いいな」

「母上、父上、行かないでください。それがしをひとりぼっちにしないでください」

寒九郎は声を嗄《か》らして叫んだ。

だが、母の菊恵と父の真之助の笑顔が遠くになって行くのを感じた。

「母上……」

寒九郎は消えて行く母と父に追い縋ろうとした。母と父は涙に曇り、見えなくなった。

だんだん老婆ひとりの姿になっていく。

寒九郎は声を上げて泣いた。

「寒九郎」

誰かが寒九郎を後ろから優しく抱いた。寒九郎は振り向いた。レラ姫が寒九郎を胸に抱き寄せた。レラ姫のふくよかな胸から、母と同じ匂いがした。

「イタコ様が……」

誰かが悲鳴を上げた。寒九郎はレラ姫の胸から顔を離した。

イタコの老婆が軀を硬直させて転がっていた。口から泡を吹き、白目をひん剝いている。

「しっかりしろ」

寒九郎は老婆に摑み掛かり、軀を揺すった。

レラ姫が近寄り、寒九郎から老婆を受け取った。

「大丈夫。あまりに死霊の霊力が強くて、イタコが負けてしまい、ひきつけを起こしてしまったんです」

巫女たちが駆け付け、レラ姫と一緒に老婆を介抱しはじめた。

草間が慌ただしく駆け付けた。

「寒九郎様、いったい、どうしたのです？　大丈夫ですか？」

「それがしは、大丈夫だ」

寒九郎は袖で涙を拭った。

「驚きましたよ。老婆が突然に声色《こわいろ》を使って話し出して」

「草間、本当だった。それがし、母上と父上の声を聞いた。間違いない、冥府《めいふ》に行った父と母が現われたんだ」

仙之助がゆっくりとやって来た。

「寒九郎、どうだった？」

「会えました」

「うむ。よかったな。しっかり別れが出来たか？」

「しっかり別れが出来たかどうか。母上も父上も最後は笑顔でした。それがしはだめでしたが……」

寒九郎はうなだれた。

「笑顔だったなら、それでいい。きっと二人は成仏出来た」

「そうでしょうか」

「そうでなければ、笑顔にはなれぬ。そう思え」

「はい。そう思います」

「いい供養になったな」

「あのイタコは、大丈夫でしょうか？」

「大丈夫だろう。強烈な霊の口寄せは馴れておる。わしの時も、最後はイタコは泡を吹いて失神した」

「さようで」

「鹿取真之助と菊恵の霊は、よほどおまえに会いたかったのだろうな。だから、おまえが近付いただけで、イタコに憑依《ひょうい》し、寒九郎とおまえの名を呼んだ。普通はあまりないことだ」

仙之助は笑みを浮かべ静かに頭を振った。

「寒九郎、大丈夫？」

レラ姫が足早に戻って来た。

「いや、我ながら情けないところを見せてしまった。子どものようで恥ずかしい」

寒九郎は顔を伏せた。

また夢の中で、蓑笠男に泣き虫小僧と嗤《わら》われるのだろう。情けないが、仕方がない。

「亡くなったお母様やお父様とお話し出来たのでしょう？　泣いても恥ずかしいことではありません」

レラ姫が慰めた。

あたりに詰め掛けていた群衆が、水を引いたように広場から引き揚げて行く。広場には、吊橋のある出入口とは別の出入口がある様子だった。

「彼らは、どこへ帰って行くのです？」

寒九郎は訝《いぶか》った。レラ姫は大きな目をくりっとさせてうなずいた。

「隠し砦には、海から来る道もあるのです。龍飛地方の村人は密かに舟を漕ぎ出して、この下にある洞窟を潜《くぐ》り、隠し浜辺に舟を入れて上陸するのです。そして、縦穴の五百階段を登ってここへやって来るのです」

狩衣姿の男がやって来て、仙之助とレラ姫に頭を下げて告げた。

「尊師、姫様、いよいよ祭祀が始まります。ぜひ、岬の方にお越しくださいますようにとのことにございます」

寒九郎はレラ姫に訊いた。

「何の祭祀でござる?」

「祖霊を祀《まつ》るものです。夏の初めにアラハバキ族が行なう先祖代々の神事です。行きましょう」

レラ姫はそういうと寒九郎の手を引いて歩きはじめた。

祖父の仙之助は、何もいわずに祭壇の後ろの洞窟に向かって歩き出していた。

寒九郎はレラ姫と手を繋いだまま、暗い洞窟の道を歩いた。あとから、草間が供侍のようについて歩いた。

四

隠し砦の洞穴から外に出ると、あまりの明るさに寒九郎は目が眩《くら》んだ。森には明るい光が散乱していた。

レラ姫に手を引かれ、木々の間の小道を駆け抜けると、森は終わり、急に目の前が開けた。

寒九郎は手をかざして強い陽光を遮った。

「あれが龍飛岬の神座」

レラ姫は目をきらきら輝かせながら、正面に見える岬の突端に聳《そび》え立つ岩山を指差した。

正面の岬の突端を中心にして、左右に青々とした広大な海原が拡がっていた。対岸の島影もくっきりと姿を現わしていた。

寒九郎は雄大な光景にしばらく見とれていた。草間も、傍らで感嘆の声を上げた。

岬までは、草に覆われた尾根が連なっている。その尾根の東側、西側の両側とも、なだらかな斜面になっており、それが急に崖の淵で終わっていた。崖は海までほぼ垂直に切り立っている。

東側の崖にはひっきりなしに大きな波が打ち寄せ、波が岩壁を叩く音が轟《とどろ》いた。

海から風が吹き寄せ、木々の梢や枝が風を切って笛のような音を立てた。

レラ姫は風に向かって立ち、長い黒髪をなびかせていた。白衣と緋袴がレラ姫にはよく似合う。寒九郎は風に吹かれるレラ姫の美しさに一瞬見とれた。レラ姫は寒九郎が見ているのに気付いたのか、はにかんだ顔で振り向き、海を挟んで見える対岸を指差した。

「見て。あれは対岸の夷島の白神岬」

「白神岬？　あちらにも白神の地があるということ？」

「大昔は白神岬と龍飛岬はくっついていた。ところが、十三湖の女神をめぐって、白神のカムイと龍飛のカムイは仲違《なかたが》いし戦《いくさ》になった」

寒九郎は蓑笠を着た大男の権兵衛がいっていたお伽話を思い出した。

レラ姫は話を続けた。

「敗けた白神のカムイは、龍飛のカムイと別れて離れて行った。そして、いまの白神岬と龍飛岬になった。でも、いまも白神のカムイと龍飛のカムイは仲違いしたままなので、私たちが双方のカムイを祀って争いにならぬようお願いしている」

「十三湖の女神は、どうなった？」

「白神のカムイと龍飛のカムイのどちらも好きだったので、自分をめぐって争いになったのを嘆き悲しみ、海に身を投げて姿を消した。そのため、いまも白神カムイと龍飛カムイは仲が悪いので、私たちが双方のカムイを祀ってお慰めし、仲良くするようにお願いしている」

権兵衛の話とはだいぶ違うな、と寒九郎は思った。

レラ姫は岬を指差した。

岬の先端には巨大な岩山がそそり立っていた。その岩山に祭壇が設置され、白衣の人々が集まっていた。白衣に緋袴の巫女たちも祭壇の前に侍《はべ》っている。

安日皇子が祭壇に向かい、祝詞を上げながら榊《さかき》の枝を揮《ふる》っている。

「先に参るぞ」

仙之助は杖を手に、すたすたと岩山に向かって草原を歩いて行く。

「わたしも、急いで父のところに行かなくては。ぐずぐずしていると祭祀が終わってしまう。あなたたちも急いで来て」

レラ姫は寒九郎の手を離すと、身を翻《ひるがえ》して草原を駆け出した。白衣と緋袴姿のレラ姫が仙之助を追い抜き、祭壇に向かって走るのが見えた。やがて、レラ姫は巫女たちの一団に紛れ込んだ。

「元気な姫ですな」

草間が笑いながらいった。寒九郎はうなずいた。

頭の中で、イタコが口寄せしてくれた母菊恵と父真之助の声を思い起していた。二人は成仏出来ずに迷っていたと聞き、胸が痛んだ。

だが、別れの時、確かに母も父も笑顔だった。祖父は、それで母も父も成仏出来るといっていた。

「あ、虹が架かっている」

草間が岬の上空を指差した。

龍飛岬の岩山の上に、七色の虹が弧を描いていた。

寒九郎も草間も、海峡に架かった虹を茫然と見上げていた。

五

その夜、寒九郎は草間とともに、隠し砦の洞窟の中の祖父の寝所《しんじょ》に泊まった。

洞窟の中は無数に枝分かれしており、大小さまざまな洞窟になっていた。そのいくつかの洞窟の中を木材で間仕切りして部屋が造られていた。

祖父の寝所となった洞窟の部屋は、近くに通気孔のような穴があり、篝火《かがりび》を焚いても、煙は自然に外に排出され、新鮮な空気が入って来た。ほかの洞窟の部屋に比べても、出入口が近いせいか、波の打ち寄せる音やら、風の音、鳥の声など外の気配が聞こえて来る。

　岩壁の窪みに立てられた蠟燭《ろうそく》の火が、部屋の中を仄かに明るくしていた。

　寒九郎は筵《むしろ》の上に敷かれた寝具に身を横たえたものの、昼間のイタコの口寄せが思い出され、悶々として寝付かれなかった。

　何度も寝返りを打って目を閉じるが、眠れなかった。草間は寝付きがよく、横たわってまもなく静かな寝息を立てている。

「寒九郎、寝付かれぬか」

　隣で寝ている祖父が嗄れた声でいった。

「はい」

「起きて、外の空気を吸おう。気が晴れる」

「はい」

　祖父はのっそりと寝床から起き上がった。寒九郎も寝具を撥ね除けて起きた。草間は寝返りを打ったが、寝言をいいながらまた眠りについた様子だった。

　寒九郎は祖父について暗い洞窟の回廊を歩いた。岩壁のところどころに松明が灯っているものの、松明の光が届かぬところには闇が溜まっていた。

　やがて見覚えのある出口から外に出た。祖父は何もいわず、そのまま歩いて行く。

天空には満月が掛かっていた。青白い月の光が、龍飛岬に至る稜線の草原を雪景色のように白く照らしていた。

昼間、レラ姫と立ったところと同じ場所に、祖父と寒九郎は立った。二人は黙って月明かりで真昼のように明るい草原を眺めた。あいかわらず波が岩に打ち付ける音が轟《とどろ》いていた。

海は真っ暗で、何の明かりも見えない。

祖父は空を見上げていた。寒九郎も空を見上げた。

満天に数えきれないほど無数の星が燦然《さんぜん》と輝いていた。星たちが降り注ぎ、寒九郎は暗い宙《そら》に吸い込まれて行くように思った。

母や父も天空に輝く星の一つになったのだろうか。そう思うと星が身近に感じられる。

満月の光に抗するように、ひしゃくの形の北斗七星《ほくとしちせい》が煌《きら》めいていた。七星のうちひときわ明るく冷徹に輝いているのが北辰、ねのほしだった。

江戸でも同じ星空が見える。幸もきっと満月や北斗星を見ているかも知れない。そう思うと寒九郎は満月や北斗星に、自分は無事だから安心せよと伝えてほしい、と願うのだった。

流れ星が北から眩《まぶ》しい光を放ちながら、東へ一閃《いっせん》して流れて消えた。

見ているよ、という幸の答えのように思えた。

「寒九郎、よくぞ訪ねて参った。うれしかったぞ」

仙之助は静かな声でいった。祖父に会ってから、初めて聞く温かい言葉だった。

「はい。それがしも、うれしうございます」

「大きくなったな。わしがおまえに最後に会ったのは、おまえがまだ赤子のころだった」

「そうでございますか」

「立派な若者になったな。元服《げんぷく》は済ませたのだろう？」

「はい。叔父武田作之介様が烏帽子親《えぼしおや》になってくださいました」

「そうか。早苗は元気にやっておるのだろうな」

「はい。早苗様が母上の代わりになって、私の面倒を……」

「さぞ、口うるさいであろうな」

仙之助は月影の中で微笑んだ。

「いえ。とても優しうございます」

「ははは。無理するな。菊恵も早苗も子どものころから、美雪の性格によう似ていた。

やはり女親と娘は血が争えないものだと思ったものだ」

「祖母上の美雪様にも会いとうございました」

「うむ。そうか」

仙之助は、それ以上、祖母については、何もいわなかった。

寒九郎は、本当に祖父が祖母美雪様を殺《あや》めたのか、と訊きたかったが、とても訊けなかった。

「真之助の手紙は読んだ。自分たちが死んだら、おぬしのことを頼むとあった。おぬしを立派な武士にしてほしい、とな」

「さようでございましたか。よろしく、お願いいたします」

「まだ、わしは引き受けておらぬ。いくら、義理の息子と娘の遺言であっても、わしは一度、この世を捨てた男だ。いまのわしは、かつての仙之助の脱け殻だ。本物の仙之助にあらずだ」

寒九郎はその場に座り込んだ。月光を背に浴びた祖父は彫像のように立っている。

「そんなことは、おっしゃらず、それがしを鍛えてください。お願いします」

「寒九郎、武田作之介の家に入り、明徳《めいとく》道場に通ったのであろう? 指南役橘左近の手ほどきを受けたであろう?」

「はい。橘左近先生のご指導を受けました」

「そうか。ならば、大門甚兵衛にも会ったろうな」

「はい。大門先生にもご指導いただきました」

「橘左近も大門甚兵衛も、若いころ、明徳道場で腕を競ったものだった。我らは明徳の三羽烏《さんばがらす》と呼ばれてな」

「橘左近先生や大門先生から、祖父上のことをよくお聞きしました」

「ははは。いいことも悪いことも聞かされたのだろう？」

「悪いことは何も聞いておりません」

「嘘を申すな。わしら三人は、つるんで悪さばかり働いていた。三人とも明徳道場破門すれすれのこともやったものだった。あのころの馬鹿騒ぎが懐かしいのう」

祖父は腕組みをし、ため息を洩らした。独り言をいうように呟いた。

「だが、御上の密命が三人の運命を大きく変えた。そもそも、御上のいうことを何も疑わず、従順に聞いていた己れが一番悪い。わしは、己れが撒《ま》いた災いの種を刈り取っているのだ」

寒九郎は思い切って尋ねた。

「橘左近先生と大門先生は、御上から密命を受けたが、いずれも果たせなかった、失敗したとおっしゃっておられました。では、祖父上は密命を果たされたということでございますか？」

「そうだ。わしが密命を果たした」

「その密命というのは、何だったのです？」

「当時の安日皇子様を斬るということだった。斬って安日皇子様が創ろうとしていた北の皇国を潰《つぶ》せという命《めい》だった」

「では、安日皇子様を斬ったのですね」

「斬った。だが、それがそもそもの誤りだった。安日皇子様は、わしが斬りに来ることを予見していた。わしに斬られて死ぬのが宿命だと知っていたのだ」

「宿命と知っていたのですか？」

「そうだ。イタコの口寄せで祖霊からいわれて知っていたのだ」

「……イタコの予言」

「いくら宿命だといわれても、安日皇子様を殺めたことは許されぬ大罪だ。皇統《こうとう》の親王を斬ったのだからな。あとで分かったことだが、安日親王様は、アラハバキの血統でもある。そのアラハバキの血統の親王様を、同じアラハバキの血を引くわしが斬ったと知った時のわしの二重の驚愕が分かるか」

「……………」

「わしは、己れを呪った。己れが開いた刕一刀流を恥じた。アラハバキでもある安日親王様を殺めた刕一刀流は、邪剣として二度と日の目を見ないよう封印すると決めたのだ」

「そうだったのですか」

寒九郎は内心、ようやく一つの謎が解けたと思った。

「真之助は手紙で、そんな事情も知らず、刕一刀流の封印を解いて、おぬしに刕一刀流を継承させてほしい、と願っていた。だが、わしは呪われた刕一刀流を、わしの代で終わりにしたい、と思っている。だから、おぬしには、伝授しない。よほどのことでもない限り、誰にも伝授することなく、刕一刀流をこの世から消し去るつもりだ」

「そういうことでしたか」

寒九郎は刕一刀流を伝授してもらえぬと分かり、内心がっかりした。だが、よほどのことでもない限りという言葉に一縷《いちる》の望みがある、と見込んだ。

仙之助は続けた。

「わしが、先代の安日皇子様の後を継いだ、いまの安日親王様にお仕えしているのは、せめてもの罪滅ぼしだ。わしが殺めてしまった安日皇子様は、死ぬ間際《まぎわ》にわしを許すとおっしゃった。その代わり、息子を助けてくれ、と。祖霊の話では、安日皇子様を殺せとした御上は亡くなり、新しい将軍は、北の皇国創りを容認するようになる、と。息子の国創りを手伝ってほしい、というのが最後の言葉だった。だから、わしは過去の自分は死んだものとして葬り去り、新しい安日親王様にお仕えしてアラハバキの国創りを手伝っておるのだ」

「祖父上にお願いがあります」

寒九郎は思い切っていった。

「何かな」

「祖父上がお手伝いする、安日親王様の国創りを、それがしにも手伝わせてください」

「うむ、どういうことだ?」

「祖父上と一緒に、それがしも、安日皇子様にお仕えし、祖父上の罪滅ぼしを手伝わせていただきたいのです」

「…………」

仙之助はじっと寒九郎を見下ろした。満月を背にした祖父仙之助の軀は、揺らめく炎のような光に包まれていた。

「取れ」

仙之助は、いきなり、杖を寒九郎に放った。寒九郎は杖を眼前で受け取った。

「それで、わしに打ち込んで来い」

仙之助は近くに落ちていた木の枝を拾い上げた。

「いま、でございますか」

「年寄りだと思って遠慮するな。まだまだ若造に敗けるわしではない」

「はい」

寒九郎は杖を手に立ち上がった。

仙之助は枝を下段に構え、一面銀白色に輝く草原にずるずると後退した。間合いを十分に取る。

寒九郎は杖を上段に持ち上げ、一気に前に跳んだ。同時に杖を祖父に振り下ろす。

祖父はぴしりと枝で杖を打ち流した。祖父の躯が宙に飛び、寒九郎に向かって飛び下りて来る。

寒九郎はくるりと躯を回転させ、杖を振って祖父が着地するあたりを薙《な》いだ。祖父は枝をついて、巧みに着地点を変えて、杖の攻撃を躱して立った。

「まだまだ、寒九郎は甘い」

祖父は嗄れ声で嗤《わら》った。

寒九郎は、今度は杖を横に構え、祖父に突進した。祖父は月光の中で枝を下段斜めに引いて構えた。

寒九郎は走りながら、杖を縦横《じゅうおう》に回転させた。起倒流風車の技だ。

祖父の前に飛び込み、回転させた杖で祖父を打つ。祖父は枝で軽く打ち払いながら、身を躱し、また宙に飛んだ。

寒九郎は待ってましたとばかりに、杖を投げ捨て、飛び下りてくる祖父の懐に飛び込んだ。虚をつかれた祖父は、後方に回転して逃れようとした。寒九郎は祖父の胸ぐらを摑んだまま、一緒に回転した。その回転の勢いのまま、祖父を草原に投げ倒した。

転がりかけた祖父は、受け身を使い、素早く立ち上がった。寒九郎は杖を拾い、上段から祖父に振り下ろした。

祖父は枝を横にして杖を受けたが、枝は折れ、杖が祖父の肩を打った。

祖父は飛び退いたものの、肩を押さえていた。

「なかなか、やるのう。それは大門仕込みか？」

「はい。起倒流を独自に応用した技です」

祖父はぜいぜいと息を吐いていた。

左の胸のあたりを押さえ、苦しそうに息をしている。

寒九郎は、祖父が心の臓を病んでいるという話を思い出した。あまりに急激な動きは、軀にこたえるのではないか。

「祖父上、大丈夫でござるか？」

寒九郎は祖父に駆け寄り、軀を支えた。

「いやはや。歳だな。あの程度の技を躱せぬようでは、わしもいよいよだめだな」

「申し訳ありません。遠慮せずに打ち込んでしまい」

「いい。いい。わしが、本気で打って来いと命じたのだから。寒九郎、おぬしの技量、軀の動き、よう分かった。なかなか、剣の筋がいい。誉めてつかわす」

「それでは、先程のお願い、いかがでしょうか？」

「寒九郎、いましばらく考えさせてくれ。まだ、試したいことがある」

「さようで」

「今夜のところは、休め。また明日、続きをやろう」

仙之助は打たれた右肩を撫でながら、洞窟の出入口に向かって歩き出した。寒九郎が仙之助の軀を支えるようにして歩いた。

洞窟の入り口に人影が立っていた。レラ姫の顔が松明の明かりに見えた。

「寒九郎、尊師様との立合い、拝見いたしました。見事でした」

レラ姫がにこやかに笑い、祖父に肩を貸しながら、洞窟の中へ進んだ。

波が岩を打ち付ける音が崖下から轟いていた。

第三章　木霊《こだま》は逝《い》った

一

寒九郎は、その夜、部屋に戻ると、寝床に潜《もぐ》り込み、朝までぐっすりと眠った。深夜に突然の祖父相手に稽古仕合いを行なったため、心身ともに疲れ果てていた。草間は何も知らず、眠りこけていた。

翌朝、空は雲一つなくからりと晴れ渡っていた。

龍飛岬の草原には昨日と違って、人の姿はなく、ただ風が吹いていた。風は南東からの海風で、草原に風紋を作っている。龍飛岬の向こう側に夷島の白神岬がくっきりと見える。

海峡の海は濃い紺青《こんじょう》色に染まり、波静かだった。帆に風を孕《はら》ませた北前船が一隻《せき》、東から西に向かって進んでいた。

龍飛岬に向かって左側に拡がる海原には、十数艘《そう》の漁船が波間に漂い、船上で半裸の男たちが網《あみ》を引いていた。

右側の陸奥湾には、千石船《せんごくぶね》や関船が十数隻、漂っていた。船の帆柱には、安東水軍の赤い旗印が翻《ひるがえ》っている。昨夜、隠し砦の広場に集まった人たちには、安東水軍の水夫や家族も大勢混じっていたのだろう。

寒九郎は両手を拡げ、胸いっぱいに風を吸い込んだ。潮の香が混じった風だった。

「爽快ですな」

草間が背伸びをしながらいった。

洞窟を隠した森から、三人の人影が現われた。祖父とレラ姫を従えた安日皇子だった。

安日皇子は狩衣《かりぎぬ》姿だった。祖父の仙之助は黒の作務衣《さむえ》、レラ姫は艶《あで》やかな着物姿だった。

寒九郎と草間は腰を屈《かが》め、安日皇子や祖父、レラ姫に挨拶した。

仙之助はにこやかにいった。

「寒九郎、親王様に昨夜のことをお話ししたら、たいへんにご興味を持たれ、今日はぜひに立合いをご覧になられたいとおっしゃられている」

「恐縮にございます」

寒九郎は親王に頭を下げた。昨夜のことを知らない草間はきょとんとしていた。

「本日の得物は木剣。木剣による立合いだ。相手は、わしがと思ったが、親王様のご希望で、親王様をお守りする北面《ほくめん》の武士、安倍辰之臣《あべたつのしん》、寅之臣《とらのしん》兄弟とする。判じ役は、わしが務める。いいな」

「はい。よろしくお願いいたします」

寒九郎は、さりげなく、近くに控える二人の狩衣姿の侍に目をやった。初めて安日皇子様にお目通りした折、親王様の後ろに控えて、刀の柄《つか》に手をかけながら凄まじい殺気を放っていた護衛たちだと思った。

安倍辰之臣、寅之臣は、年格好も同じ、顔形もよく似ており、双子の兄弟と思われた。剣の流派は分からないが、まったく隙のない立ち居振る舞いから、かなりの遣い手だと分かる。

寒九郎は久しぶりの強敵との立合いに、身が引き締まる緊張と興奮を覚えた。

「立合いは、本日正午。場所は、この龍飛岬の草原だ。いいか」

「はい。承知いたしました」

寒九郎はうなずいた。

いいも悪いもない。祖父仙之助は、寒九郎の腕を見極めようとしているのだ。どこまで、やれるかは分からないが、全力を出して立合うしかない。

「寒九郎、尊師によると、杖術《じょうじゅつ》、棒術《ぼうじゅつ》の腕前は尊師を超えるそうだな」

「いいえ。そんなことはありません。それがしは、まだまだ未熟者です」

「謙遜するな。だが、しかし、本当に辰之臣、寅之臣は手強《てごわ》いぞ。二人は安倍一族が誇る最強の武者たちだ。二人は夷島の巨大ヒグマも、倒している」

「それは凄い。とても、それがしの及ぶところではございません。ぜひ、お二人の胸をお借りして、剣をご教示願おうと思っております」

「うむ。余も楽しみにしておるぞ」

「ははあ」

寒九郎は頭を下げた。

安日皇子と祖父は、洞窟に引き揚げて行った。背後に控えていたふたりは、静かに寒九郎に目礼し、安日皇子について引き揚げて行った。

「いったい、何事があったのでござるか？」

草間が驚いた表情で訊いた。寒九郎は、昨夜あったことを話した。

「そんなことがあったのですか。拙者を起こしてくれればよかったのに」

　草間は渋い顔をした。

　レラ姫が心配そうな顔で寒九郎にいった。

「あの双子の安倍兄弟は五所川原《ごしよがわら》村生まれの津軽藩士でしたが、父の皇国創りに賛同し、脱藩して父の許《もと》に駆け付けた侍です」

「二人はアラハバキ族か？」

「ええ。安倍一族は安東水軍を造った一族ですからね。二人は江戸藩邸詰めだった時に、辰之臣が北辰一刀流《ほくしんいっとうりゅう》を、寅之臣が柳生新陰流《やぎゅうしんかげりゅう》を習得し、ともに免許皆伝を得ています」

「それだけでも手強いなあ」

　レラ姫はなおも続けた。

「二人は脱藩した後、白神山地に籠もって、修験の人々に混じって山岳剣法を修行したと聞いています」

「ふうむ。親王様は、二人が夷島でヒグマを退治したとおっしゃっていたが」

「夷島のヒグマは、こちらの月の輪熊と違って、倍くらいに大きな軀をしている上に凶暴です。よくアイヌやアラハバキの村を襲って人を食らう。そこで、お父様は辰寅兄弟に熊退治を命じたのです。ある日、辰寅兄弟は村の入り口に張り込み、やって来た人食い熊を、刀や槍で倒したのです」

寒九郎は草間と顔を見合わせた。

二人は、互いに阿吽《あうん》の呼吸で連携し、敏捷に動き回って、ヒグマを倒したのに違いない。

恐るべし、辰寅兄弟。

「お父様は、どういうわけがあって、あの二人を寒九郎様と闘わせようとなさるのか。わたしは反対したのですが、お父様も尊師様も笑って取り合おうとしませんでした」

寒九郎は、レラ姫がいつの間にか寒九郎を呼び捨てにせず、様を付けて呼んでいるのに気付いた。

「寒九郎様……どうか、お怪我がありませぬよう」

レラ姫も急に気付いた様子で顔が赤くなった。

「……勝って、わたしのために」

レラ姫はくるりと踵《きびす》を返し、逃げるように洞窟へ走って行った。

勝って、わたしのために？

どういうことだ、と寒九郎は草間と顔を見合わせた。草間はにやにやしながら頭を振った。

「男にとって分からないのは、女心と申しますからな」

二

龍飛岬に強い風が吹きはじめていた。

朝、雲一つなく真っさらだった空は、正午までにはすっかり変わり、西の空に黒雲が湧きはじめていた。風も南からの穏やかな風ではなく、北西からの荒々しい風に替わっていた。

岬まで続く草原に吹く風は、草の穂や花を撫でて通り、波紋を拡げていく。

岬の岩山を背にして、仮設の見所《けんぞ》の桟敷《さじき》席があった。安日皇子をはじめ、レラ姫や巫女《みこ》たち、側近の幹部たちが居並んでいた。

その見所の左右、西側と東側に寒九郎や対戦相手の辰寅兄弟が分かれて陣取っている。

寒九郎は西側の床几《しょうぎ》に座り、東側の床几に座った辰寅兄弟を眺めていた。

辰寅兄弟は揃いの黒い稽古着に裁着《たっつけ》袴《ばかま》姿で、下緒《さげお》を襷掛《たすきが》けしている。額には黒い鉢巻きを締めている。

どちらが辰之臣で寅之臣なのか見分けが付かない。

辰寅兄弟は落ち着き払っていた。二人で何事か談笑したりしている。

対する寒九郎は、洗い晒しの刺し子《さ》の稽古着に茶褐色の稽古袴だ。刺し子の稽古着は幸が幾晩も夜業して縫ってくれたものだ。寒九郎は旅の間も、お守りのように持ち歩いているので、いくぶんか汚れているが、寒九郎は気にしなかった。幸の刺し子の稽古着を着ていると守られている気持ちになって落ち着くのだった。

寒九郎は白布の襷を掛け、額には白鉢巻きをきりりと締めている。

介添え人の草間がいった。

「寒九郎様、双子の剣士は、どちらかが兄として主攻《しゅこう》となり、弟が兄の指示を受けての助攻《じょこう》となります」

「うむ」

「念のため、辰と寅のどちらが兄なのか調べました。兄の辰之臣は向かって右の床几に座った男です」

「分かった」

と答えたが、寒九郎には辰之臣と寅之臣の違いがよく分からなかった。

乱戦になったら、相手は交互に入れ替わるだろうし、主攻と助攻が入れ替わることもあるだろう。瞬時に兄弟が交替すれば、その区別はつけ難くなる。

辰之臣と寅之臣の違いは何か。それが分かれば、対処のしようがある。

二人の違いは何か？　寒九郎は二人を睨みながら必死に頭を巡らした。

違いは何だ？

「双方、前へ」

仙之助が嗄れ声でいった。

寒九郎は考えながら、木刀を袴の帯に差し、青竹で作った六尺棒を手に前へ出た。

辰寅兄弟も真顔になり、木刀を手に前に出て来た。

仙之助は、じろりと寒九郎の手にある青竹の六尺棒を見たが、何もいわなかった。

得物は木刀、あるいは杖、棒、竹刀など。刃物でなければいい。

仙之助は、杖をつき、寒九郎と辰寅兄弟に宣言するようにいった。

「勝負は一本。双方、得物の木刀は真剣と思え。だが、青竹の棒は真剣と認めない。いいな、寒九郎」

「はい。承知いたしました」

返事をしながら、寒九郎は辰寅兄弟の違いは何か、を見付けようと懸命だった。

「双方、どちらが勝とうが、仕合い後に相手に遺恨を持つな」

「承知しました」

辰寅兄弟は声を揃えて返事をした。

「承知」

寒九郎も答えながら、辰寅兄弟を睨んだ。

双子はそっくりで、区別がつかない。こうなったら自然体で行くしかない。寒九郎はそう腹を括《くく》った。

見所のレラ姫が両手を握って見ていた。

寒九郎はレラ姫がいっていたことを思い出した。

辰之臣は北辰一刀流皆伝、寅之臣は柳生新陰流皆伝。

寒九郎は、叔父武田作之介の若侍熊谷主水介の剣を思い出した。熊谷主水介が、迫る刺客を相手に見事な剣捌《さば》きを見せた。寒九郎が初めて見た北辰一刀流だった。あの熊谷主水介の姿が脳裏に焼き付いていた。

熊谷主水介と同じ北辰一刀流の皆伝の腕前だったら、構えがどこか似ている。北辰一刀流の構えを見せた相手が辰之臣。間違っても、迷うよりはいい。寒九郎は、そう腹を括《くく》り、二人に対した。

辰寅兄弟と寒九郎は向き合った。

「礼！」

双方の間に立った仙之助が、声をかけた。

辰寅兄弟と寒九郎は、静かに一礼し合った。

「では、始め！」

辰寅兄弟は、その声に、さっと左右に跳んで分かれた。

寒九郎は半眼で二人の動きを窺《うかが》いながら、慌てず手にした青竹を地面に突き刺して立てた。腰の木刀をゆっくりと引き抜いた。

辰寅兄弟は寒九郎の突き立てた青竹の棒を気にしながら、じりじりと左右から間合いを詰める。

寒九郎は突き立てた青竹を右の相手への盾にして、右の相手を警戒しながら、目の端で左の相手の構えを眺めた。

右の相手は木刀を中段右後方に下げ、寒九郎に打ちかかろうという構えだ。左の相手は、木刀を青眼から上段に振り上げようとしている。

どちらも熊谷主水介の剣と同じ構えではない。寒九郎は木刀を下段後方に下げた。

突き立てた青竹を盾にして、左回りにじりじりと動き、右の相手の打ち込みを警戒した。同時に左の相手の打ち込みを誘った。青竹がない分、左の相手は寒九郎に打ち込み易いはずだった。

左の相手は寒九郎の誘いに乗らず、さらに寒九郎の左手に回る。寒九郎はその動きに応じて動いた。

寒九郎は青竹を背にして、二人に前後を挟まれる形になった。寒九郎は前の相手に木刀を向け、青眼の構えを取った。後ろは青竹だけでがら空きになる。

瞬間、前の相手が正面から、寒九郎に木刀を打ち下ろした。寒九郎は前に出て、木刀で打ち払った。ほとんど同時に、後ろの相手が寒九郎に木刀を突き入れた。

一瞬だけ青竹が邪魔になって、打ち込めなくなったためだ。寒九郎は後ろの男の突きを躱しながら、軀を回し、前の相手の懐に飛び込んだ。

だが、相手もさるもの、寒九郎を突き離して、後ろに跳んだ。突きを入れて来た相手は、木刀を右に振り上げ、寒九郎に斬りかかろうとしたが、青竹に木刀があたって、止むを得ず、跳び下がった。そして、右上段八相に構えた。

その間に、もう一人は下段後方に木刀を下ろして構えた。

前後を挟まれた寒九郎は、また青竹を盾にして、前後の相手を半眼で見た。

見えた。右上段八相の構えに熊谷主水介の影を見た。こいつが辰之臣か。主攻の兄の辰之臣だ。辰之臣の合図で、助攻の弟寅之臣が動く。

寒九郎は突き刺した青竹を左手で握った。

主攻の辰之臣さえ分かれば、こちらは主攻の辰之臣を徹底的に攻める。攻めて寅之臣に合図を出せなくする。

寒九郎は後ろの寅之臣にがら空きの背を向けて、打ち込んで来いと誘った。前にいる辰之臣には、青竹を揺らして、木刀を振り回し難《にく》くする。それでも辰之臣が打ちかかって来たら、容赦なく右手の木刀を突き入れる。辰之臣の顎《あご》がうなずいた。

案の定、後ろの寅之臣が上段から打ち込んで来た。寒九郎は左手で摑む青竹を、後ろの寅之臣に突いた。寅之臣は思わぬ反撃に一瞬たじろいだ。

同時に前の辰之臣が八相の構えから、寒九郎に打ち込んで来た。寒九郎は木刀で辰之臣の木刀を打ち落とし、辰之臣の懐に飛び込んだ。逃げようとする辰之臣の足を払った。

辰之臣は体《たい》を崩した。寒九郎は木刀を投げ捨て、辰之臣の襟を摑むと腰に乗せ、草原に投げ倒した。

腰車一本。誰かの声が響いた。

たじろいだ寅之臣が気を取り直して、寒九郎に打ちかかって来た。寒九郎は草原に身を投げ出し、転がって避けた。一転しながら、木刀を拾い上げて立ち、突進して来た寅之臣の腕を叩いた。

寅之臣は思わず木刀を落とした。

寒九郎は木刀の先を寅之臣の喉元《のどもと》にあてた。

「そこまで！　寒九郎、一本」

仙之助の声が轟《とどろ》いた。見所から拍手と一緒に動揺の声があがった。

辰之臣は腰をしたたかに打ったらしく、腰を押さえて無念そうな顔をしている。寅之臣は左腕を押さえて苦々しく笑っていた。

「参った。参りました」

レラ姫が着物の裾を乱し、寒九郎に駆け寄った。レラ姫は寒九郎に抱きつき、慌てて飛び退いた。

「寒九郎様、よかった。一人で、あの二人を打ち破ってくれました。わたし、うれしい」

レラ姫は泣き笑いをしていた。

草間も駆けて来た。

「寒九郎様、やりましたな」

「おぬしの忠告を活かさせてもらった」

「いえ、あれはレラ姫様の助言でした」

「レラ姫の助言？」

寒九郎はレラ姫に向いた。その時、レラ姫は身を翻し、巫女たちの許に駆け出した。巫女たちは、列を作って、洞窟の方に引き揚げて行った。

寒九郎は、レラ姫に「勝って。私のために」といった訳を聞きそびれた。まあ、いいか。あとで聞くことにしよう。

見所から安日皇子が祖父と連れ立って歩いて来た。安日皇子はにこやかにいった。

「さすが、寒九郎だ。谺仙之助尊師の孫だけのことはある。一人で、余の北面の武士二人を打ち負かすとは畏《おそ》れ入った。いい仕合いを見せてもらった。誉めて遣わす」

「ありがとうございます。しかし、勝敗は時の運と申します。今回は、運がよく勝てましたが、次は分かりません。木刀だけの立ち合いでは、辰之臣殿、寅之臣殿の方が上でございます。二人に攻められ、苦し紛れに、体術を遣わずにはいられませんでした。剣術ではお二人に、とても勝てません」

「そうか。勝負には勝ったが、剣術では敗けたと申すのだな」

「はい」

「ははは。よくぞ申した。それで辰寅兄弟の面子《めんつ》も立とうというもの」

安日皇子は、悔しそうな顔をしている辰寅兄弟を大声で労《ねぎら》った。

辰之臣と寅之臣が寒九郎のところに歩み寄った。

「寒九郎殿、今回は我らの敗けだ。二人対一人という利もあって、つい油断してしまった。まさか投げられるとは思わなんだ。参った参った」

辰之臣が腰を押さえながら笑った。まだ腰が痛そうだった。

寅之臣も苦笑いした。

「しかし、青竹には翻弄された。あのように使うとは思わなかった。おぬしをただの若造と侮《あなど》った報いだ。恥ずかしい」

祖父が二人に向いていった。

「判じ役として二人に申し上げよう。わしの孫ということで、怪我をさせまいと、手を抜いたな」

「まさか。そんなことはござらぬ。「なあ、寅之臣」

「ほんと、真剣勝負で手を抜くなんてことが出来るはずがありません。少しでも手を抜いたら、たちまち打ち込まれていた。寒九郎殿のことだ、見逃さず、我らは木刀で手厳しく打ち込まれていたでしょう。そんなみっともないことは出来ません」

辰之臣と寅之臣は顔を見合わせて笑った。

祖父の仙之助は笑いながらいった。

「寒九郎、この二人の余裕を見習え。いいな。勝っても傲《おご》らずだ」

「はい」

寒九郎は、二人に勝って慢心しかけていた己れを恥じた。たとえ、勝負に勝てても、心では敗けている。

「寒九郎、橘左近の指南もあったのだろう。おぬしの剣の筋はいい。体術もさすが大門仕込みだ。だが、まだ剣の修行が足りぬ。辰之臣殿、寅之臣殿の教えも乞《こ》うがいい」

寒九郎は辰之臣と寅之臣に向き直り、頭を下げた。

「お二人に、ご指導をお願いいたします」

「なんの、われらごときに」

辰之臣は慌てて手を振った。

「われらが、寒九郎殿に教えを乞いたいほどでござる」

寅之臣も静かに笑った。

安日皇子が二人に声をかけた。

た。

「辰之臣、寅之臣、参るぞ」

「はい。ただいま参ります」

辰之臣と寅之臣は、姿勢を正し、しっかりした足取りで安日皇子について歩き出し
た。

仙之助は祖父の顔に戻り、寒九郎に向かって囁《ささや》いた。

「寒九郎、わしについて、剣の修行をしてみるか」

「はいッ。ぜひ、お願い致します」

「わしの指導は厳しいぞ」

「覚悟しております」

「うむ。では、あとでな」

祖父はくるりと背を向け、隠し砦の洞窟に向かって歩き出した。

近くでは狩衣姿の男たちが見所の取り壊しを始めていた。

龍飛岬の草原に、また強い風が吹き寄せていた。

寒九郎は大声で「やったあ」と叫びたい衝動をぐっと堪《こら》えた。

三

十三湊の桟橋には、何隻もの千石船が横付けされていた。沖合にも何隻も北前船が投錨《とうびょう》し、沖待ちをしていた。

笠間次郎衛門は桟橋に渡した板を伝って渡し船を下りた。

桟橋は船から船荷を積み降ろす人夫や荷受人たちでごった返していた。

桟橋から荷の集積場に抜けると、役人が立つ柵の出入口があった。役人たちは、船から降り立つ旅人を取り調べる役目を担っているようだったが、笠間については通行手形をちらりと見、笠間のあばた顔を見ただけて、何の関心も興味も抱かず、通れという仕草をした。

柵の出入口から町に入ると、町は祭りでもやっているかのように大勢の人々が通りを行き交っていた。

通りでは、居合い斬りや綱渡り、越後獅子《えちごじし》などの大道芸が行なわれ、人垣を作っていた。

笠間は人込みを掻き分けるようにして、船宿の集まった界隈《かいわい》に足を進めた。

船宿『安楽』という看板はすぐに見つかった。

笠間は網笠《あみがさ》を脱ぎ、船宿『安楽』の土間に入って行った。応対に出た女将《おかみ》は笠間のあばた顔の異形《いぎょう》を見て、一瞬息を呑んだ。だが、すぐに気を取り直し、「いらっしゃいませ」と声を上げた。

笠間の風体《ふうてい》から、江戸から来た客と見た女将は、土地の言葉は使わずにいった。

「ようこそお越しくださいました。お疲れでしたでしょう。さあさ、お掛けくださ い」

「厄介になるぞ」

笠間は大刀を腰から抜いて、上がり框《かまち》に腰を下ろした。草鞋《わらじ》の紐《ひも》を解いた。下女が洗い桶を持って来て、早速《さっそく》笠間の足を洗いはじめた。

「腰のものをお預かりいたします」

女将が大刀、小刀を受け取った。笠間は尋ねた。

「女将、こちらに与兵という番頭はいるか」

「はい。おります。いま呼びましょうか」

女将は愛想よくいった。すぐに笠間が普通の客ではない、と察した様子だった。

「いや、あとでいい。部屋に呼んでくれ」

「分かりました。与兵にそう伝えておきます。お客様のお名前は？」

「笠間だ」

「はい。笠間様ですね」

女将は大声で女中にいった。

「笠間様、二階の桔梗《ききよう》の間《ま》にご案内」

「はーい」

二階から女中の返事があった。

笠間は洗った足を雑巾で拭いた。

大小を抱えた女将は先に立って階段を上がった。笠間は女将のあとについて歩いた。

桔梗の間は船宿『安楽』の中では、最も広く、大事な武家しか泊めない部屋だった。

綺麗な調度品も備えられ、床の間には枯れ山水の掛け軸も架かっている。

女将は大小を床の間の刀掛けに納めていった。

「お客様、まだお食事のご用意は出来ていません。その前にお風呂など、いかがでございますか」

「うむ。風呂にしよう。だいぶ汗をかいた」

笠間は素直に女将の勧めに応じた。

風呂を上がり、さっぱりした浴衣《ゆかた》に着替えて部屋に戻ると、早速に番頭の与兵が挨拶に来た。

与兵は小柄な軀の、しかし骨太の頑丈そうな体格だった。顔は浅黒く、だんごっ鼻の愛敬《あいきょう》があるたぬき顔だった。見るからに漁師上がりと分かる。

「いらっしゃいませ」

「世話になる」

笠間は、いきなり与兵の右腕を掴んで引き寄せ、袖をめくった。二の腕の内側に、卍の刺青があった。与兵に間違いない。

「これを預かってきた」

笠間は黙って懐から書状を取り出し、そっと与兵に渡した。

「たしかに」

与兵は書状を受け取ると、その場で開け、目を通した。

「分かりました」

与兵は書状を折り畳み、懐に入れて仕舞った。

「鹿取寒九郎ですが、いまは龍飛岬の方にいると見られます」

「龍飛岬だと？　そんなところで何をしている？」

「おそらく、祖父御仙之助に会おうとしているのではないか、と」

「ほう。祖父に会って御一刀流を習おうというのだな」

「かも知れませぬ」

「龍飛岬は、ここから遠いのか？」

「あまり遠くはありません。大人の足で、およそ一日半ほどかと」

「近いな。行ってみるか」

「それはお薦《すす》め出来ません。危険過ぎます」

「危険過ぎる？　なぜだ？」

「ここから北の地は、アラハバキの住む地域です。アラハバキの村は、いくつかありますが、津軽藩の領地にもかかわらず藩の役人でさえもなかなか入れません。そのため、藩も事実上、年貢の取り立ても難しく、アラハバキの自治を黙認しているのです。年貢もアラハバキの村長を通して取り立てています」

「ふうむ」

「アラハバキは、龍飛の地を神聖な神の地としており、余所者《よそもの》の侵入を嫌っています。土地の者でもアラハバキの地にはなかなか入りません。以前、無謀な余所者が龍飛に入ったことがありましたが、入ったきり帰って来ません」

「アラハバキに殺されたか、それとも捕まって監禁されているのか？」

「熊や狼に襲われたのかも知れません。ともかく、龍飛は山深く険しく、岬に行くだけでもたいへんです」

「ふうむ。だが、寒九郎は、龍飛に行ったのだろう？　拙者が行けないこともあるまい」

「寒九郎は、おそらく、アラハバキに手蔓《てづる》があり、それを使って龍飛に入ったのだと思われます。アラハバキに手蔓がないと、入ることも難しいかと思います」

「手蔓はないか？」

「ないこともないのですが、寒九郎には、祖父がアラハバキの皇子と一緒にいるという口実があります。だから、なんとか入《はい》ることが出来るでしょうが、笠間様は目的が目的ですから、アラハバキは、龍飛に入《い》れることはないでしょうな」

「目的が目的だからか。それはそうだのう」

笠間は笑った。

「笠間様、もし、私があなた様だったら、寒九郎が出て来るのを待ちますね。あんな山深い、不便なところに、長くは留まれません。土地の者でも、そうです。だから、気長に待てば、必ず寒九郎は出て来て、十三湊に戻って来るはず。どこに行くにしても、十三湊にいったん寄り、船に乗り込み、江戸に帰ったり、地方に出るのですから」

「なるほど。果報は寝て待てか」

笠間は腕組みをし考え込んだ。

「焦ってもいけません。私の手の者を使い、寒九郎の動静を窺い、笠間様に逐一《ちくいち》、お知らせします。なに、そんなに遠くない日に、寒九郎は戻って来ますよ」

「うむ。与兵のいう通りにしよう。焦らず、ここで待とう」

「そうなさいませ。では、お風呂上がりに、一杯というのはいかがですか？　こちら陸奥《むつ》のおいしい酒がございます」

「うむ。所望《しよもう》しよう」

与兵は階下に向かって、大声で女中に「御酒《ごしゆ》をお持ちするように」といった。

四

龍飛岬の海は時化《しけ》て、白い三角波が無数に立っていた。白いカモメが鳴き交わしながら、海の上を風に向かって浮揚するように漂っていた。

空一面にどんよりとした雲がかかっていた。それでも、時折、風に吹かれて出来た雲間から太陽が顔を出した。

寒九郎は、龍飛岬の岩山の急斜面を駆け登ったり、駆け下りたり、波が打ち寄せる岩場の岩と岩を跳び移ったりの鍛練を繰り返していた。

時には、岩から足を踏み外し、波間に落ちたりもする。祖父は笑いながら、杖を伸ばし、寒九郎を救け上げるが、また何度も岩と岩を跳び交う鍛練を重ねさせた。

すでに修行が始まって五日にもなる。だが、仙之助は一度も棒振り一つさせてくれなかった。

寒九郎が不満そうな顔をすると、仙之助は穏やかに笑い、寒九郎を諭《さと》した。

「まずは軀を鍛えるのだ。軀があらゆる事態に、何も考えずとも即対応出来るようにしなければならない。軀が自由に利《き》けば、剣の技はおのずから身に備わるようになる」

その教え通り、昨日までは龍飛岬に続く尾根の森に入り、木々を上り下りしたり、枝から枝に飛び移ったりを繰り返していた。枝に吊るした荒縄にぶらさがり、縄を揺らして、つぎつぎにほかの木に飛び移るとか、一気に縄を伝わって下りたり、逆に腕だけで縄を上る訓練を続けた。

寒九郎は、仙之助がいうことは、何でもこなした。それが、剣術にどういう効果があるのかも分からずに。だが、いずれ、きっと役に立つのだ、と信じて必死に軀を鍛えた。

寒九郎が仙之助の命令で、垂直に切り立った岸壁を岩や窪みに手や足をかけて、海面近くまで下り、再び崖の上に登って戻った時、待っていた仙之助がうなずき、「それでよし」と満足気にうなずいた。

「寒九郎、高い所が苦手にしては、ようやった」

「ありがとうございます。つい夢中でやっているうちに、恐さを忘れていました」

仙之助は岩山の頂《いただき》の岩石に座り、目を細めて笑った。

「そうだ。若いころのわしもそうだった。寒九郎、剣といい体術といい、よくぞ鍛えた。誉めて遣わす」

寒九郎は片膝立ちになって頭を下げた。

「ありがたき幸せにございます。で、祖父上、次は何をお教えいただけましょうか」

仙之助は力なくいった。

「寒九郎、わしにはおまえに教えることはない」

「そんなことはありません。谺一刀流がございましょう。ぜひ、その封印を解いて、それがしに伝授願えませぬか？」

「寒九郎、正直、わしはまだ迷うておるのだ。封印を解いていいものかどうかとな」

仙之助は静かな口調でいった。寒九郎は身を乗り出した。

「前にも申し上げました。それがし、祖父上の谺一刀流を継ぎ、安日皇子様にお仕えして、アラハバキの皇国創りに一生を捧げたいと思っております。」

「分かっておる。だが、ことはそう簡単なことではない、と思いはじめている」

「と申されますと？」

「いいか、寒九郎。谺一刀流の封印を解くということは、過去にわしが犯した過ちを、いま一度解き放つことでもある。そして、谺一刀流を引き継ぐということは、わしが犯した過ちと、それによって引き起こされる災禍《さいか》も引き継ぐことになる」

「その覚悟は出来ています」

寒九郎は顎を引いて答えた。

仙之助は怒った顔になった。

「馬鹿をいうな。わしの可愛い孫に、そんな重大な責任を背負わせるわけにはいかない」

可愛い孫？　寒九郎は仙之助の祖父としての自分への思いを初めて聞く思いがした。

「大丈夫でございます」

寒九郎は楽観していた。谺一刀流を引き継ぐことが、なぜ、そんなに難しいことなのか、寒九郎には理解出来なかった。

仙之助はため息混じりにいった。

「わしも、おまえの父真之助の手紙を読んで、谺一刀流の封印を解こうか、と心が揺らいだ。封印を解いて、おまえに谺一刀流の奥義《おうぎ》を伝授しようかと思った。だが、やはり封印を解けば、過去の亡霊や悪鬼《あっき》が地獄からやって来ると分かっている。そんな谺一刀流をおまえに渡すわけにはいかない。そう考え直したのだ」

地獄から亡霊や悪鬼がやって来る？　どういうことか、と寒九郎は考えた。

谺一刀流を封印するということは、そんな地獄の釜の蓋《ふた》でも閉じるような意味合いがあったというのか？

「それに、もし、谺一刀流の封印を解こうと思っても、わしに伝授する体力が残っているのか、という思いもある。おまえにいっていないが、わしは、これまで二度倒れて死に損なった。わしは心の臓以外にも肝の臓を患《わずら》っている。先日、おまえと杖術の稽古をしたが、息切れがして、軀が思うように動かなかった」

「存じておりました。そうでなければ、それがしが祖父上の肩を打つことなど出来なかったでしょう。しかし、心の臓だけでなく、肝の臓も患っておられるのですか？」

「そうだ。アラハバキの薬師に秘薬を煎じてもらって、ようやく生きているのが、いまのわしだ。いつ、あの世に迎えられても仕方がないと思っておる」

「お見受けしていると、そんなに病状が悪いようには見えませんが」

寒九郎は慰めにもならない言葉をいった。

「アラハバキの呪術師《じゅじゅつし》によれば、わしはとっくの昔に逝《い》っているといわれている。この世に、まだ残っているのは、先代の安日皇子様を亡き者にした呪いだとも。わしは生きて、後を継いだいまの安日親王様をお守りする役目を担わされているというのだ。その先代の安日皇子様の呪いを、おまえに継がせるわけにはいかん、ということなのだ」

「ううむ」

寒九郎は心の中で先代の安日皇子様の呪いなど信じられなかった。

「呪いなど信じられないか？」

仙之助は寒九郎の心を見透かしたように笑った。

「先日、おまえはイタコの口寄せを見たであろう。おまえは、イタコに憑依《ひょうい》した、父真之助と母菊恵を見たのではないか？　声を聞いたのではないか？」

「はい。たしかに、あれは父と母の顔、そして声でした」

寒九郎は、あの日のイタコの口寄せの光景を思い出した。本当だった。草間は怪訝な顔をしていたが、たしかに見たのだ。声を聞いたのだ。

「いいか。あの時、わしにはイタコに乗り移った真之助も菊恵も見えなかった。感じもしなかった。おまえにしか真之助も菊恵も見えなかったのだ。そういうものなのだ。わしも、ある日、イタコの老婆に憑依した先代の安日皇子様を見た。己れが殺《あや》めた安日皇子様が老婆に憑依して現われ、私への呪いを口にした。その時、わしがどんなに驚愕し、恐怖したか、察してくれ。それ以来、わしは二度と再び、イタコの老婆に口寄せを頼んでいない。また先代の安日皇子様が現われると思うと恐ろしくてイタコに近寄ることも出来ぬのだ」

寒九郎は祖父仙之助の怖れを笑えなかった。

己れにも止むを得ず、殺めてしまった幼なじみの桑田竜之輔《くわたたつのすけ》や鮫島岳之臣《さめじまがくのしん》、木暮半次郎《こぐれはんじろう》がいる。もし、彼らがイタコの口寄せで現われたら、と思うだけで恐ろしく、居たたまれなくなる。

襲われた時、自分が彼らに斬られていたら、こんな後悔をしないで済んだだろう。

たとえ、己れが生き延びるためとはいえ、刀で相手を殺めた罪は重い。

寒九郎は、大門先生が剣の道は、殺人剣でなく、活人剣《かつじん》にあると口を酸《す》っぱくしていっていたのを思い出した。

「寒九郎、わしが過去に犯した罪は、安日皇子様を殺めたことだけではない。口には出せない悪業もある。間違って殺めた者もいる。それらの罪を全部引き受けることになるのだぞ。簡単に引き受けてはいけないのだ。犯した罪は、犯した本人がすべて背負って、地獄の閻魔様の裁きを受けねばならないのだ」

寒九郎はうな垂れた。

簡単に谺一刀流の封印を解くことを考えていたのが、いかに浅はかなことか。祖父の言葉でよく分かった。

「そういうわけだ。だから、谺一刀流を継承するのは諦めなさい。わしも、おまえに話しているうちに、やはり谺一刀流の封印は解かぬ方がいいと思いはじめて来た。いいな、諦めるのだ」

「…………」

寒九郎は唇を嚙んだ。

「何かいい方法はないか、一晩、よく考えてみます」

「うむ」

仙之助はうなずき、優しい目で寒九郎を見つめた。

五

洞穴の部屋は板壁で仕切られて造られていた。岩壁の窪みに立てられた蠟燭《ろうそく》の炎が揺らめきもせず灯《とも》り、部屋の中を明るく照らしている。

仕切りの板壁を越えて、しばらく男たちの話し声や笑い声が聞こえていた。それも、いつの間にか止《や》んで、あたりは森閑として静まり返っていた。

寒九郎は目を瞑《つむ》り、少しでも眠ろうとした。

寝床に入っても、悶々として寝付かれなかった。何度も寝返りを打ち、眠りやすい姿勢になろうとした。隣の寝床から、軽い鼾《いびき》が聞こえた。草間は本当に寝付きがいい。横になったかと思うと、すぐに寝息を立てている。

「おい、泣き虫小僧、起きろ。どうせまだ寝付かれないのだろう」

寒九郎は目を開いた。

枕元に蓑笠を着た大男が立って、寒九郎を見下ろしていた。名無しの権兵衛だった。

「大きい声を立てるな。隣の草間を起こしてしまうではないか」

「心配するな。草間の眠りは深い。多少の物音を立てても、いまは起きない」

大男は寒九郎の目の前にどっかと腰を下ろし、胡坐《あぐら》をかいた。

「イタコの婆さんのお陰で、御両親に会えたようだな」

「うむ」

「おまえに会えた御両親は安心して三途《さんず》の川を渉ることが出来た。よかったな」

「……もう少し話がしたかった」

寒九郎は母と父を思い出し、枕に顔を伏せ、涙を堪えた。

「御両親も同じ気持ちだったろう。だが、あれ以上、イタコの婆さんに無理をさせたら、婆さんも冥途《めいど》に連れて行くことになる。別れの言葉を告げるだけで、御両親も満足なさったのだ。辛いだろうが、おまえも我慢せねばならぬのだ」

なぜ、父上と母上は殺されねばならなかったのだ？　父上の警固役だった大西一之《おおにしいちの》介《すけ》は死に際に、父上を斬った犯人は額《ひたい》に鈎手《かぎて》の刺青《いれずみ》をした男だといった。母上は父上が殺されるのを見、父のあとを追って自裁した。額に鈎手の男が母上を殺したのも同然だ。

「……憎い」

寒九郎は思わず言葉を洩らした。

「ふむ。御両親を殺めたやつが憎いというのか？」

「憎い。仇を討つ」

「よかろう。しかし、その額に鈎手の刺青をした男をいかにして見付けるのだ？　どこにいるのか、分からんのだぞ」

「見付ける。生涯かけても」

「その意気やよし、としよう。だが、もっと頭を働かせろ。頭はそのためにあるんだ」

権兵衛は寒九郎の頭をぽんと叩いた。

「頭を働かせる？」

「そうだ。考えろ。その鈎手の男は、お父上を殺す前に、何と尋ねたか思い出せ」

現場にいた女中のお篠《しの》の話を思い出した。

「谺仙之助は、どこにいる？」

「そうだ。弟子の神崎仁衛門《かんざきじんえもん》、供侍の大西一之介は、誰によって、なぜ、殺されたのだ？」

「誰に殺されたのかは分からぬが、おそらく鈎手の男か、その手の者。二人に問うた

「ふむ。もう一つ。おまえが十三湊の船宿にいた時、深夜、番頭の余助《よすけ》に呼び出され、仙之助様に会おうとした。仙之助様は偽者だったからよかったものの、何者かが弓矢を放ち、偽者を殺したな」

「そうだった。思い出した」

「鈎手の男は、誰を殺そうとつけ狙っている？」

大男は優しくいった。

寒九郎はかっと目を開いた。

「ということは、いつか、必ず鈎手の男は、祖父上を殺そうと現われる」

「そうだ。仙之助様の傍《そば》にいれば、いつか必ず鈎手の男が現われる。そう思わないか、小僧。あてどなく彷徨《さまよ》って探すよりも、はるかに確実であろうが」

「うむ。たしかに確実だ。権兵衛、ありがとう。気付かせてくれて」

「小僧、頭はそうやって使うものだ。よく覚えておけ」

権兵衛は軀を揺すって笑った。

「権兵衛、もう一つ、悩みがある」

「何だ？　もしかして、谺一刀流のことか？」

「うむ。封印を解くのは、難しいかも知れない」

「では、諦めるのか？」

「諦めたくない。だが、封印を解くことによって過去の悪霊、悪鬼たちを呼び出すのも恐い」

「寒九郎、おまえ、一度は、それらを仙之助様に替わって引き受ける覚悟をしたのではなかったのか？」

「うむ。だが、正直、引き受けるといったのは口先だけだった。そんな大きな責任を果たせるかどうか、それがしには自信がない」

「寒九郎、あらためて訊く。その責任とは何の責任だ？」

「祖父上がかつて犯した殺人などの大罪だ」

「なに？　祖父の仙之助様が犯した罪を、孫のおまえが背負って罪滅ぼしをするというのか？　そんな莫迦《ばか》げたことがあるか」

　権兵衛は頭を振った。

「いいか、寒九郎。仙之助様が犯した罪は罪として、償うのは仙之助様しか出来ん。それこそ仙之助様の責任だ。仙之助様の息子であれ、まして孫が背負うものではないぞ」

「とはいえ、祖父上は、そういっていた」

「それはおまえの誤解だ。仙之助様は仙之助様として犯した罪を償《つぐな》った。それゆえに、谺一刀流を邪剣として封印した。だが、その封印を解けば、過去の悪業が湧き上がって来るというのだろう？　それは、仕方がないこと。悪業を犯した側は忘れたくても、被害を受けた側はいつまでも恨みを忘れない。復讐もしたくなる。だから、仙之助様は谺一刀流を封印し、弟子も取らず、後継者も作らなかった。妻も死なせ、己れも死んだことにした。娘たちも嫁に出して、谺姓を捨てさせた。罪滅ぼしとして、安日親王様を奉じて、アラハバキの皇国創りに邁進した。そうやって、仙之助様は過去の責任をいっさい背負っていた」

「なるほど」寒九郎は考え込んだ。

「そこに谺一刀流を継ぎたいと、孫のおまえがやって来た。仙之助様はうれしかった。自分は死んだことにしているので、二度と再び、孫の顔を見ることはない、と思っていたからだ。だが、もし、おまえに谺一刀流を継がせたら、どうなるか、と仙之助様は考えた。仙之助様は過去のツケは払ったつもりでも、被害者のなかには、それでもまだツケの支払いが足りないと思う者たちもいるだろう。そうしたツケを、何の事情も知らぬ孫のおまえに回すわけにはいかない、と仙之助様は考えたのだよ。だから、谺一刀流を引き継がせるわけにはいかない。封印を解くわけにいかない、となったのだ」

「もしかして、祖父上の命を狙うのも、過去のツケの支払いを求めてのことか？」

「おそらくそうだろう。仙之助様は、おまえに谺一刀流を継承させることで、不幸な目に遭《あ》わせたくない。そう思っているのだ」

「ううむ」

「すでに娘婿である鹿取真之助を、安日皇子の皇国創りに巻き込んでしまい、鹿取真之助と菊恵を死なせ、一家離散させてしまった。これ以上、犠牲者は出したくない、というのが仙之助様の思いだ」

「そういうことだったか」

寒九郎は権兵衛の話で、ようやく祖父の気持ちが分かるような気がした。

「で、寒九郎、どうする？　正直なところを話せ」

「祖父上の苦悩や気持ちは分かる。だが、祖父はこれまで十分に責任を果たしてきたと思う。犠牲もだいぶ払っている。だから、それがしへの心配は無用だと思う」

「うむ。それで」

「それがしは、純粋に谺一刀流を学びたい、習得したい」

「邪剣かも知れぬぞ。それでも学びたいか？」

「うむ。もし、谺一刀流が邪剣だったら、それがしが正す。そして、世に恥じることのない真正《しんせい》谺一刀流として復活させる」

「そうだ、その意気やよしだ。仙之助様に訴えろ。真正谺一刀流は、これまでの谺一刀流にあらず。谺一刀流の奥義だけを受け継ぎ、真正谺一刀流として出発する、と。いいな」

大男は満足気に笑った。

「真正谺一刀流か」

寒九郎は口の中で真正谺一刀流と何度も呟いた。

「寒九郎様、いかがいたしました？」

誰かが寒九郎の軀を激しく揺すった。

寒九郎ははっとして目を覚ました。草間が心配そうに覗き込んでいた。

「大丈夫でござるか？　先程より、大声で誰かと話をしているかのようにしゃべっておられたが」

寒九郎は起き上がり、あたりを見回した。蓑笠を着た大男の姿はなかった。

「夢か」

「夢を見てなさったか。誰かが訪ねて来たのか、と思い、それがし、目が覚めました。驚きました。誰もいない真っ暗闇に寒九郎様が話しかけていたので」

「幽霊とでも話をしていると思ったか？」

「さよう。それがし、幽霊は信じていなかったのですが、イタコの口寄せを見て、いるかも知れないと宗旨替えしてましして。もしや、と……」

草間は照れたように笑った。

「大丈夫、幽霊ではない。それがしが、寝呆《ねぼ》けただけだ」

寒九郎は笑いながらいった。あの蓑笠の大男は、幽霊ではないことは確かだが、いったい、何者なのだろうか、と寒九郎は思った。

いつも夢に出て来るが、もしかして、妖怪《ようかい》かも知れない、と寒九郎は苦笑いした。

妖怪に取り憑《つ》かれた男か。

洞窟の外で鶏の朝を告げる鳴声が響いていた。

六

北前船宝祥丸《ほうしょうまる》は、荒波を越え、ようやく穏やかな内海への入口に辿り着いた。

津軽の良港十三湊だ。

十三湊の街並は沈みゆく西日を浴びて茜色《あかね》に染まっていた。桟橋には、何隻もの千石船が横付けされていた。大勢の人夫たちが船の積み荷を下ろしたり、逆に船積みの作業をしている。

鳥越信之介は船首近くの船縁《ふなべり》に捉《つか》まり、船がゆっくりと入江に入って行くのを見ていた。

内海は外海とまったく変わり、湖面のように静まり返っている。新潟《にいがた》の湊から宝祥丸に乗り込んで以来、何日も船酔いに悩まされていた。

船が湊に寄る度に元気を取り戻すものの、船に戻るとまた酔いがぶり返す。ようやく船酔いが収まったころになって、目的地の十三湊に到着する。

陸路を行くよりも、廻船で陸奥に入る方が楽だといわれて、海路を利用したものの、船酔いを侮《あなど》っていた。その報いというものだろう、食欲もなく、吐くものもすっかり出し切り、苦《にが》い胆液まで吐いた。

腹に何も入っていないので、足腰に力が入らない。これでは、いざという時に、後《おく》れを取ると、気ばかり焦るが、海の上ではどうしようもなかった。

船乗りたちは、半裸の法被《はっぴ》姿になって、帆を下ろしたり、櫓《ろ》を用意したりと、上陸の準備に取りかかっていた。

「お侍様、お疲れ様だったな。まもなく、十三湊に上がれっからよ。陸《おか》に上がれば、たちまち元気にならあ」

船頭の一人が鳥越信之介を慰めた。彼は鳥越が船酔いで苦しんでいる最中、いろいろ面倒を見てくれた男だった。

「世話になった。みんなにも迷惑をかけたと謝《あやま》っておいてくれぬか」

「分かりやした。ですが、何も迷惑にはなってなかったべな。素人《しろうと》の船旅人は、きまってかかる麻疹のようなもんだ。次に船に乗っ時は、どんな荒海でも平気になっぺ。んだから、これに懲りねえで、宝祥丸に乗ってくんな。待ってるでよ、ははは」

「その時は、よろしう頼む」

鳥越信之介は、船頭に青い顔のままいった。心中では、もう二度と廻船には乗るまいと誓っていた。

船は十三湊の桟橋には入れず、沖待ちになった。そのため、小さな艀《はしけ》が船に横付けになった。鳥越信之介は、ほかの行商人たちに混じり、艀に乗り移った。

艀は揺らめきながら、黄昏《たそがれ》の十三湊の桟橋に近付いて行く。

鳥越信之介は、以前の寒九郎との立合いを思い出した。見かけこそ若輩《じゃくはい》だが、剣術の腕は相当のものだった。荒削りだが、剣捌きは、道場では見かけない凄味がある。

「侍の旦那、着きましたぜ」

船頭が纜《ともづな》を杭に絡めながら怒鳴った。

すでに旅の行商人たちは荷物を背に桟橋に上がっていた。

鳥越も急いで桟橋に上がった。

桟橋の先に柵があり、その柵の出入口に棒を手にした番人が立っていた。行商人たちは、番人に通行手形を差し出し、頭を下げて通り抜けている。

鳥越は大股で柵の出入口に向かった。番人たちは、笠に羽織袴姿を見て、緊張した面持ちで一斉に頭を下げた。番屋からも、慌ただしく役人が現われ、鳥越を出迎えた。

「ようこそ、お越しくださいました」

番人たちの小頭《こがしら》らしい男が飛んで来て、鳥越に腰を折って挨拶した。

番屋には、幕府の印である幟《のぼり》がはためいていた。

「まずは、こちらへ」

小頭は番屋の後ろにある役所の建物に鳥越を案内した。

役所の座敷では幕府交易係の役人たちが机に向かい、船商人たちを前にして、帳簿を付けていた。奥から役所の責任者らしい中年の赤ら顔の侍が現われ、鳥越信之介を迎えた。

鳥越信之介は懐から上意《じょうい》と書かれた書状を取出して、男に渡した。

「それがし、公儀見廻り組の鳥越信之介にござる」

「お役目、ご苦労様にございます」

十三湊勘定方歳川主水《としかわもんど》と名乗った。

「鳥越殿がお越しになることは、早馬にて伺っておりました。お役目ご苦労様にございます」

「いろいろお世話になります」

鳥越信之介は御上《おかみ》から、どのような指示を受け取っているのだろうか、と思った。

鳥越が告げた公儀見廻り組なんぞは公式にはない。老中が便宜上、そういう役職を作り、鳥越信之介にそう名乗らせるように命じただけである。公儀見廻りの役人が出張して来たということで、出先の役人たちは何を調べに来たのかと緊張している様子だった。

歳川は愛想笑いをし、鳥越にいった。

「御宿《おやど》をご用意してございます。ご案内いたします。まずは御宿に入り、旅の汗をお流しください」

「かたじけない」

鳥越はとりあえずは、船酔いで弱った軀を休ませ、明日からの人探しに精を入れたいと思った。陸に上がっても、まだ船に乗っているかのような感覚で軀がふらついている。これでは、立合いなど覚束《おぼつか》ない。

歳川は船宿が軒を並べている通りに鳥越を案内した。

「御宿は、十三湊一番の老舗《しにせ》船宿『丸亀《まるがめ》』をご用意してございます」

「かたじけない」

「宿の主人は、亀岡伝兵衛《かめおかでんべえ》と申しましてな。廻船問屋を営み、地元十三湊の漁師の総元締めでもありまして、この地方の事情に通じております」

「さようか」

役人は人が聞いていないのを確かめてから小声でいった。

「伝兵衛は我々の協力者でして、我らにアラハバキの内情などを教えてくれる間者《かんじゃ》です。そういう事情もありまして、多少の抜け荷などは我らもあえて目を瞑《つむ》って見逃しているわけでして」

歳川は抜け目なさそうな顔で笑った。

抜け荷の目こぼしをしているだと？

鳥越は、こいつ、伝兵衛から抜け荷の目こぼしをして賄賂《わいろ》を取っているな、と思った。だが、いまは、そんな事情を訊く余裕がなかった。一刻も早く、布団に横たわりたかった。座っているだけでも難儀だった。

船宿『丸亀』は、通りに入ってすぐのところに店を構えていた。鳥越は歳川に案内され、宿に入った。

「いらっしゃいませ」

番頭や女中たちが飛んで来て、歳川に連れられた鳥越を迎えた。

番頭は舛吉《ますきち》と名乗った。人当たりのよさそうな愛敬ある丸顔をしている。だが、笑みを浮かべていても、目が笑っていない。鳥越は、油断のならぬ男だと直感した。

番頭の舛吉は、鳥越の青い顔色を見てすぐにいった。

「ようこそ、御出でくださいました。さぞ、船旅は難儀でございましたでしょう。さあさ、お上がりになり、お風呂にでも入って、軀をお休めください」

歳川は番頭に何事かを指示した。番頭は、心得ておりますとうなずいた。歳川は鳥越を振り返った。

「最近、ここの大番頭が事故で亡くなりましてね。この舛吉が大番頭に昇進して、店を取り仕切るようになったんです。必要なことは、何でも、この舛吉にいってください」

歳川は、まるで自分の店の番頭のような口振りでいった。鳥越は、舛吉と歳川はつるんでいるな、と思った。

鳥越は宿の二階の部屋に案内された。床の間付きの座敷で、畳も新しく、調度品も高価なもので、おそらく宿で最もいい部屋なのだろうと思った。

部屋に落ち着いてまもなく、歳川が船宿の主人を連れて、部屋に現われた。歳川は、横柄な態度で、主人の亀岡伝兵衛を紹介した。

「伝兵衛にございます。いつも歳川様には、お世話になっておりまして」

伝兵衛は舛吉よりもさらに人当たりがいい中年太りの如才《じょさい》ない男に見えた。だが、伝兵衛の笑顔の陰に、別のただならぬ人格が潜《ひそ》んでいる、と鳥越は見て取った。どうして、そう感じたのか、鳥越は自分でも分からなかったが、立合いの際、対戦相手を一目で、その剣の熟練度を推し量る直感のようなものだ。

「鳥越様は、今回、どのような目的で、こちらに御出でになられたのでございましょうか？　事前にお聞かせいただければ、わたしどもは、いかなお手伝いが出来るか分かるのですが」

伝兵衛は直截《ちょくせつ》に鳥越に尋ねた。

立合いで、いきなり先制で斬り間に飛び込んで来たか、と鳥越は思った。こうした場合は、逃げずにこちらも相手の斬り間に入り、刃《やいば》を合わせるしかない。

「こちらに参ったのは、鹿取寒九郎、通称北風寒九郎なる男を探索するためだ」

「さようでございますか」

伝兵衛は歳川主水と顔を見合わせた。歳川は、勘定方に対する査察ではない、と分かってほっとした顔になった。

「そういうことは、伝兵衛、おぬしに任せればいいな。鳥越様に、ぜひとも、協力してあげてくれ」

「はい。承知いたしました。歳川様」

伝兵衛も口元に笑みを浮かべ、鳥越に向いた。

「その鹿取寒九郎なる者、こちらの宿に泊まったことがあります」

「なに、早速に、そんなことがあったというのか。いかがです？　この伝兵衛、お役に立つでございましょう」

歳川は己れの手柄でもあるかのようにいった。

「ほう。それは、いつのことか？」

「はい。宿帳を調べれば、すぐに正確な月日は分かりますが、およそ半月ほど前になるか、と」

「伝兵衛、すぐ番頭に宿帳を持って来させて……」

歳川が話すのを、鳥越は途中で手で制した。

「その鹿取寒九郎を追って、最近、こちらに余所者が乗り込んでおらぬか？」

「余所者？　お武家様でございますか？」

「うむ」

「……そうそう。一人浪人者が、最近船宿『安楽』に泊まっております。あばた顔の異形なお侍です。日がな一日、何をすることなくぶらついております」

「そやつの名は分かるか？」

「はい。たしか笠間次郎衛門とか申す方かと」

「笠間次郎衛門。先を越されたか」

鳥越は思わず言葉を洩らした。

「いったい、何者にございますか？」

「鹿取寒九郎を狙う刺客だ」

「刺客ですと？」

伝兵衛は歳川主水と顔を見合わせた。

「そういえば、五所川原村の村長から、寒九郎様を追って来た若侍が一人、村に泊まっているという報せが入っておりました。こちらに寒九郎はいるか、と尋ねていたそうです」

「名前は？」

「江上剛介と申す剣術修行の若者だと聞きました」

「存じておる」

鳥越は唸った。鏡新明智流《きょうしんめいちりゅう》明徳道場の門弟で、首席を張っており、奉納仕合いに明徳道場の代表として出て優勝した男だ。江上剛介は大目付松平貞親の命《めい》を受けて寒九郎を狙っていると老中から聞いた。

そうか。寒九郎を狙って、江上剛介も来たか。寒九郎の包囲網が着々と狭まっていると見た。しかし、十三湊に一番乗りした笠間次郎衛門が日がな一日ぶらぶらしているということは、まだ寒九郎と遭遇しておらぬな。おそらく、ここで寒九郎を待っているということか。だとすると、先を越されたということではない。

鳥越は腕組みをし、考え込んだ。

「鹿取寒九郎は、いまいずこにおる」

「龍飛岬に行っております」

「龍飛岬に？」

鳥越は訝《いぶか》った。

「ここから、さらに北の果ての岬です」

鳥越はじろりと伝兵衛を見つめた。

「どうして、寒九郎が龍飛にいると存じておるのだ？」

「わたしが鹿取寒九郎様が龍飛入りする手立てをしました」

「寒九郎はひとりか？」

「いえ。草間大介という供侍と行動を共にしています」

老中から聞いた通りだと思った。鹿取寒九郎に間違いない。

「寒九郎は、龍飛に何をしに行ったのだ？」

「祖父を探しにと申してましたな」

祖父といえば、谺仙之助に違いない。老中から聞いた通りだ。

「なぜ、寒九郎の祖父谺仙之助が龍飛にいるというのだ？」

伝兵衛の顔が明るくなった。

「谺仙之助様を御存知ならば、お話は早い。では、アラハバキ族が安日皇子様を奉じて、ここ十三湊を都にし、北の皇国を創ろうとしておることも御存知ですな」

「うむ。聞いておる」

「幕府が異国との交易を重視して、安日皇子の皇国創りを黙認していることも御承知でしょうな」

「うむ。おおよそのことはご老中から聞いた」

「龍飛岬には、そうした安日皇子様の本拠地の隠し砦があります。谺仙之助様は、安日皇子様の後見人として、その隠し砦におられます。寒九郎様は、いまごろは、その隠し砦に行っていることと思います」

　鳥越は伝兵衛の口振りから、安日皇子の一族と親しい間柄にあると察した。

「伝兵衛、おぬしは安日皇子の皇国創りに賛同しているようだな」

「はい。当然のことです。幕府の将軍様や老中田沼様が容認している皇国創りに反対するわけはありません。それに、もし、その皇国の都がここ十三湊に出来るとすれば、わたしどもも船宿だけでなく、廻船問屋としての商売にも大いに益になりましょうし、それは望むところにございます」

「ふうむ。なるほどな」

「ところで、寒九郎様についてですが、なぜ、刺客がお命を狙っているのでございますか？」

「ははは。それは御上の事情があるからだ。それがしも、幕府内の事情は知らぬ。知っていても話せぬ。伝兵衛、おぬしも、下手《へた》に口を挟まぬようにしたほうがいいぞ。それがしも、寒九郎を狙う刺客かも知れぬのだぞ」

鳥越はじろりと伝兵衛を見た。

「まさか、そのようなご冗談を」

伝兵衛は笑って誤魔化《ごまか》したが、明らかに動揺していた。

女中が階段を上がって来た。大声で鳥越にいった。

「お侍様、お風呂のご用意が出来ました。どうぞ、お入りくださいませ」

「これは失礼いたしました。ぜひ、お風呂に浸かってくださいませ。お話は、その後でまた」

伝兵衛はほっとした表情になっていった。

歳川主水も笑いながらいった。

「そうだな。鳥越様には、十分旅の疲れを癒していただかなければな。伝兵衛、十三湊の一番の料理を用意してくれ。頼むぞ」

歳川と伝兵衛は、鳥越にお愛想をいうと、連れ立って部屋を出て行った。

鳥越は手拭いを持ち、立ち上がって廊下の窓に寄った。

窓から十六夜《いざよい》の月が雲に見え隠れしていた。潮騒が地鳴りのように聞こえた。

七

武田由比進と吉住大吾郎は馬の轡を並べて弘前城下に入って行った。

街の道路は広く、行き交う人の数も多く、堂々たる弘前城の天守閣が街の上に聳え立っている。その背後に津軽富士と呼ばれる岩木山が聳えている。

由比進は馬上で大きく息をついた。江戸の空気と比べ、弘前の空気には甘い花の香や青葉の匂いがする。

城下町は、家来衆の武家屋敷町に隣接して、必ず寺社仏閣が集まった寺町がある。いざ戦《いくさ》が始まると城下の武家屋敷はもちろん、頑丈な築地塀《ついじべい》に囲まれた寺社は、城を守る平城の役目も果たす。寺社は陣屋になり、境内は人馬を集める広場になるのだ。

由比進は弘前城下に着いたら、まず真っ先に、鹿取家の菩提寺である神明寺《しんみょうじ》を訪ねることにしていた。母早苗は姉菊恵夫婦を訪ねたおり、菩提寺にもお参りしたことがあった。

町に入ってから、何人かの町民に尋ね、神明寺は寺町の中でも西の外れの山際にあることが分かった。

由比進と大吾郎は教えられた道を辿り、途中、寺町の入口にあった花屋で菊の花や線香を買い揃えた。

由比進と大吾郎は、神明寺の山門の前で馬を下りた。境内は静まり返っていた。本堂の方から、大勢の読経の声が流れていた。本堂の前の庭を、小僧が箒《ほうき》で掃いていた。日はやや西に傾き、境内には杉の木影が伸びていた。

由比進は大吾郎に愛馬春風の手綱を預け、一人僧坊に入って行った。由比進は訪《おとな》いを入れた。奥から返事があり、ややあって僧衣に襷掛けした老僧が現われた。掃除をしていたのを中断して出て来た様子だった。

由比進は名乗り、鹿取家代々の墓の場所を教えていただきたい、といった。

老僧はやや驚き、由比進をまじまじと見つめた。

「もしや、あなたは鹿取寒九郎のご兄弟か？　いやそれはあり得ないな。寒九郎は一人っ子だったからな。とすると、従兄弟《いとこ》かな」

「はい。それがし、寒九郎とは従兄弟の間柄になります。あなた様は妙顕和尚《みようけんおしよう》様では」

「さよう。愚僧《ぐそう》は妙顕です。で、お連れさんは？」

山門近くの木立に二頭の馬の世話をしている大吾郎に目をやった。

「寒九郎やそれがしの友、大吾郎、吉住大吾郎です」

由比進は大吾郎に手を振り、来いと手招きした。大吾郎は二頭の馬の手綱を木に括り付け、僧坊に駆けて来た。大吾郎は妙顕和尚に頭を下げて挨拶した。

「和尚、どうして、それがしが寒九郎の従兄弟だと分かったのです」

「お二人は、どことなく容貌が似ているのでな。顔の輪郭、目鼻立ちがなんとなく似ているのでな」

「さようで」

「それにしても、はるばる江戸から、お墓詣りに御出でになったとは奇特なこと。先日も、わざわざ江戸から墓参に御出でになった方がおられましてな」

妙顕和尚は襷を外し、普段の僧衣に戻しながらいった。由比進は思わず訊いた。

「それは、どなたでござる？」

「名は名乗らなかったが、公儀隠密ではないか、という雰囲気を持ったサムライでしたな」

「公儀隠密ですか」

由比進は大吾郎と顔を見合わせた。

妙顕和尚は僧坊から出た。

「ご案内しましょう」

妙顕和尚はゆったりとした歩調で歩き出した。

「あなたたちも、何か、わけがおありなのでは？」

「寒九郎を一人出したのが心配で、こちらに来て、何か危ない目にあっているのではないか、と」

「それがしも、寒九郎が夢に出て来て、悪い連中に襲われ、ひどい目にあっているのです。それで由比進を、いや由比進様と一緒に津軽に乗り込んで来たのです」

「ほほう。よくもお二人とも御両親が許したものですな」

「実は父上も母上も反対し、許してくれていません」

由比進は頭を振った。大吾郎が口を開いた。

「二人とも無理に家出をして来たのです」

妙顕和尚は穏やかに笑った。

「それはいかんですな。いくら従兄弟思いでも。さあ、お墓はこちらですよ」

妙顕和尚は、由比進と大吾郎を鹿取家代々の墓に連れて行った。由比進と大吾郎は鹿取真之助と菊恵の墓前に菊の花を供え、妙顕和尚に慰霊の祈りを捧げてもらった。

「寒九郎は、いまどこにいるでしょうか？　我らはなんとしても寒九郎に会い、追っ手から助けたいのです」

「おそらく、寒九郎は、いまごろは、祖父谺仙之助様を訪ねて、アラハバキたちの国にいるのではないか、と思います」

「アラハバキたちの国ですか？」

由比進は大吾郎と顔を見合わせた。

突如、物陰から人影が現われ、由比進たちの背後に立った。

由比進と大吾郎はすかさず振り向き刀に手をかけた。

「お二人とも、お待ちください。怪しい者ではござらぬ。お話があるのです」

人影は黒装束に身を固めた侍だった。侍は三人の前に片膝立ちになって頭を下げた。

「おお、おぬしは先日、墓参りに来たサムライではないか？」

妙顕和尚は驚きの声を上げた。

由比進は刀の柄を握り、いつでも斬る構えだった。

「おぬし、なにやつ？」

大吾郎も片手に六尺棒を握り、いつでも相手を打ち据える構えだった。サムライは片手で待ったをかけていった。

「それがし、公儀隠密の半蔵にござる。武田作之介様から、由比進殿、大吾郎殿、お二人を支援するように、とご下命されました」

「なに、父上から」

由比進は、動揺した。

「なお、武田作之介様は、新しく若年寄になられる田沼意知様の用人に抜擢され、千石に御加増されましたことをお知らせします」

「なに、父上が田沼意知様の用人になったというのか？　しかも、千石取りにも」

由比進は驚いて大吾郎と顔を見合わせた。

「はい。早馬にて報せが届いております。なにぶんにも、津軽を知らぬお二人を、なんとか陰ながらも、ご支援するように、との命《めい》でござる」

「父上の……」

由比進は言葉が詰まった。

田沼意知は、老中田沼意次の息子。由比進たちが江戸を離れるころは、将軍への奏者番として、異例の速さで出世街道を歩んでいた。その田沼意知が若年寄に抜擢され、驚いたことに、父武田作之介が、その若年寄田沼意知の信頼があって、用人に召し上げられたとのことだった。

「これからは、半蔵め、由比進様に付いて、寒九郎様の行方を分かり次第に、一々お知らせいたします」

半蔵は片膝立ちのまま、由比進にいった。

境内の杉林から、早鳴きの蟬《せみ》の声が聞こえていた。

八

龍飛岬の空は晴れ渡り、対岸の白神岬の陸影がくっきりと姿を現わしている。

谺仙之助は、岩に腰を下ろし、寒九郎の話に耳を傾けていた。

寒九郎は谺一刀流の封印を解くように訴えた。解いて、谺一刀流の奥義を教えてほしい、と切に願った。しかし、封印を解いたからといって、祖父の過去の負債を引き継ぐつもりはないとも明言した。そもそも、祖父は過去の負債を十分に払っている、これ以上、支払う必要はない、といった。その上で、寒九郎は、谺一刀流の奥義だけを引き継ぎ、新しい真正谺一刀流を創りたいと訴えた。

話を終えてから、寒九郎は力が抜けた。あとは祖父の回答を待つだけだった。

風が吹いていた。岩場の岩の風切り音が哀しげに響いていた。

風に乗ってカモメが鳴き交わしながら、浮遊している。海峡の海は、今日も無数の白い三角波が立っていた。

剱仙之助は風に吹かれ、じっと目を閉じていた。

寒九郎は祖父が口を開くのを辛抱強く待った。

もし、祖父が許さぬといっても、寒九郎は真正剱一刀流を開こうと心に決めていた。祖父に必死に訴えているうちに、自分でもそうすべきだ、そうしたい、という気持ちが募って来た。

「寒九郎、分かった。わしが間違っていたらしい」

祖父が口を開いた。

「封印を解こう。解いて、寒九郎に奥義を伝えよう。おぬしは、過去のことには、いっさい関わるな。おぬしの責任ではない。わしの責任だ。すべては、わしが背負う。寒九郎に背負わせるつもりはない」

「ありがとうございます」

寒九郎は龍飛岬で海峡に向かい、喜びの叫びをあげたい心持ちになった。

「奥義を伝える前に、わしが先祖に問うた剱一族の姓の由来をおぬしにいって聞かせよう」

「お願いいたします」

「我ら谺一族の祖は、ツガルの白神の地にあったことは伝えたな」

「はい」

「谺《こだま》とは、木霊《こだま》であり、木魂だ。木の霊、木の魂とは、白神の森の精であり、森の魂のことだ。我らの祖は、白神の森の精であり魂だった」

「はい」

「木霊は白神の森から出て森に還る。それが習いだ。山で聞く谺は、木霊が森に還っていく姿だ」

「美しい名前ですね」

「谺一刀流は、もともと、森の精を活かす流派として、わしが創り上げた活人剣だった。その精神を汚してしまったわしが悪いのだ。それを、寒九郎が浄化し、新たな谺一刀流として再生してくれるとは、わしも願ったり叶ったりだ」

「よかった。祖父上に拒絶されると覚悟しておりました」

「わしは、谺一刀流を生み、それを己れとともに葬り去ろうと思ったが、寒九郎の話を聞いて思いなおした。森の精は、森に返すべきで、あの世に送ることはない。まして、おぬしのような若者によって、真正谺一刀流として甦《よみがえ》らせることが出来るとなると、こんな喜ばしいことはない。よくぞ、いってくれた。木霊、森の精に代わって、寒九郎に礼をいいたい。ありがとうよ」

仙之助は寒九郎を振り向き、白髪頭を下げた。

「とんでもない。それがしこそ、お礼を申し上げねばならぬでしょう。それで、奥義はどのような形でお教え願えましょうか」

「ははは。気が早いな。谺一刀流には、表十段、裏八段の剣技がある。まず、その剣技を習得せねばならない。表裏十八段の剣技を習得するだけでは、森の精にはなれない。奥の奥に、表裏十八段の奥義がある」

「なるほど」

寒九郎は頭の中で表裏十八段の木霊が響きわたった。

「奥義は口伝《くでん》だ。わしの弟子の一人は、表裏十八段の剣技を噛《かじ》っただけで、習得した気になり、増長した。剣捌きは天才のようにうまかったが、奥義を与えるほどまでには大きくなれず、酒や女に負けて自滅した」

「もしや、神崎仁衛門殿のことでは？」

「うむ。神崎は剣の才気はあったのだが、それまでだった」

「では、ほかの弟子はいかがですか？」

「大曲兵衛と南部嘉門のことか？」

「はい」

「彼らは、弟子というより、わしの手足と同じ存在だ。欠かせない阿吽《あうん》だ。彼ら二人が表裏十八段のすべてを知っている。そして、わしが奥義を編み出し、阿吽が支える。三位一体となったのが、谺一刀流だ。その奥義は……」

いきなり、矢羽根の空を切る気配を感じた。

寒九郎は振り向きざま、手にした棒で矢を叩き折った。続いてもう一矢。これは棒にあてて防ぐ。

仙之助の軀が岩からひらりと跳び、寒九郎の前に立った。また続けざまに矢が風を切って飛んだ。仙之助は持っていた杖を自在に払って、叩き落とす。

寒九郎は矢の飛んで来た方角を睨んだ。

草原に五人の茶褐色の装束姿が立っていた。五人は一斉に手にした短弓を捨て、抜刀して仙之助と寒九郎に向かって突進して来る。

「寒九郎、気張れ」

仙之助は杖を突き、仁王立ちしている。

寒九郎は棒を下段に下げ、仙之助の前に飛び出した。突進して来る五人の先頭の男に向かって、逆に寒九郎も走り出した。

「おのれ、寒九郎」

相手は怒鳴った。寒九郎は相手と斬り結んだ。棒で相手の刀を叩き落とす。

後ろでは、仙之助が四人を相手に杖を揮《ふる》っている。だが、動きにいつもの精彩がない。

矢を受けてしまったか。寒九郎は、軀を回転させ、棒で相手の胸部を叩いた。肋骨が折れる音がした。

寒九郎は身を翻し、仙之助のところに駆け戻った。

「出会え出会え。曲者《くせもの》だ」

寒九郎は大声で怒鳴った。見張りが聞けば、味方が飛んで来る。

仙之助を背に庇い、はっとした。仙之助の胸に二本の矢羽根が立っていた。

「祖父上、しっかり」

寒九郎は茶装束たちを睨みながら叫んだ。

相手は二人に減っていた。二人は地べたに転がっている。

寒九郎は残る二人に棒を回転させて、威嚇《いかく》した。

二人の茶装束が、左右から寒九郎に斬り込んで来た。寒九郎は棒を回転させて、左から飛び込んで来た男の足を払い、右から斬り込んで来た男の顔面を張り飛ばした。顔面の骨が折れ、血潮が噴き出すのが見えた。

「寒九郎さまあ」「尊師さまあ」

草間やレラ姫、辰之臣の声が入り交じって聞こえた。大勢が洞窟の方から駆けて来る。

寒九郎は、後ろで仙之助が跪《ひざまず》いたのを感じた。

「祖父上、いましばし、堪えてくだされ」

寒九郎は仙之助を庇いながら、相手を睨んだ。いったんは草叢《くさむら》に倒れた男が、また立ち上がり、刀を構えて、寒九郎に迫って来る。

相手は四人になっていた。しかし、いずれも寒九郎や仙之助に杖や棒で打たれて、戦意を失っていた。

最初に寒九郎が棒を胸に叩き込んだ男が、また立ち直り、寒九郎の前に立った。男はいきなり、覆面をかなぐり捨てた。

ざんばら髪に顔は隠れていた。男は額にかかる髪の毛を手で掻き上げた。額にくっきりと鉤手の刺青が見えた。

「おのれ、おまえがそれがしの父鹿取真之助と母菊恵を殺めた下手人《げしゆにん》だな」

鈎手男は嘲笑《あざ》った。

「寒九郎、これで済んだと思うなよ。引け」

鈎手男は手を上げ、引き揚げの合図をした。

男たちは一斉に草叢に身を沈めて隠れた。丈の高い草に紛れ、逃げて行く。

寒九郎は一瞬迷った。父と母の仇の鈎手男を追うか、それとも矢を射られている祖父を介抱するか。瞬時に寒九郎は倒れている仙之助に駆け寄り、抱え起こした。

「祖父上、しっかりして」

二本の矢羽根が胸に刺さった仙之助の顔は蒼白になっていた。矢の毒が軀に回っている。

仙之助は喉《のど》をぜいぜいさせながらいった。

「寒九郎、おまえの祖母は生きている。会って、木霊の奥義を訊け。美雪に奥義は伝えてある」

「祖母上は生きているのでござったか。で、どちらにおられるのですか？」

「秋田《あきた》……実家に匿《かくま》われている」

「実家というのは」

「美雪は……佐竹西《さたけにし》家当主の隠し子だった」

寒九郎は、祖母の出自《しゅつじ》は誰からも聞かされていなかった。初めて聞く祖母の出自に驚いた。祖父仙之助は、佐竹西家当主の隠し子と駈け落ちしたというのか？

「寒九郎、……あとは頼むぞ」

「は、はい。しっかりしてください。祖父上」

仙之助は天空を見つめた。空はからりと晴れわたっている。

「……今日は、死ぬのにいい日だ」

仙之助は喉をごろごろと鳴らした。それから、がっくりと首を垂れた。寒九郎は祖父が逝ったのを感じた。

ようやく味方がどやどやと駆け付けた。

「逃がすな。あとを追え」

怒鳴り声が上がる。

「寒九郎様、ご無事でしたか」

駆け付けた草間が座り込んだ。続いてレラ姫が走り込んで叫ぶようにいった。

「寒九郎、尊師様は……」

レラ姫は仙之助の死に顔を見て、哀しげな顔になった。

やがて、味方の男たちが寄って来て、仙之助の遺体を担ぎ、洞窟へと歩き出した。

寒九郎は茫然と立ち尽くし、仙之助の遺体が運ばれるのを見送っていた。
レラ姫は何もいわず、寒九郎の背に顔を押しつけて泣いていた。

第四章　谺《こだま》一刀流甦《よみがえ》る

一

龍飛岬の海はまるで仙之助の死を悼《いた》むかのように夕凪《ゆうなぎ》になり、いつになく穏やかだった。

龍飛岬の岩山に組まれた薪《まき》は、大きな炎となって燃え上がっている。谺仙之助の棺《ひつぎ》は、紅蓮《ぐれん》の炎に包まれていた。

安日皇子は燃え盛る荼毘《だび》の炎に、仙之助の魂が安らかに眠りにつくよう、アラハバキの祝詞《のりと》を上げていた。寒九郎は合掌《がっしょう》し、祖父上が天界で無事娘たる菊恵や父鹿取真之助と再会を出来るようにと祈った。

荼毘の煙は狼煙《のろし》のように天高く昇って行く。煙は夕陽を浴びながら、一筋の幟《のぼり》のように伸びて行った。

寒九郎は煙とともに祖父上の魂が天上の世界に飛び立つのを感じていた。

仙之助が最期に洩らした「今日は、死ぬのにいい日だ」という言葉は、自分らしく死ねることに喜びを感じての正直な気持ちなのだろう。

それにしても、額《ひたい》に鉤手《かぎて》の刺青《いれずみ》をした刺客《しかく》たちは、よくも龍飛岬の隠し砦までやって来たものだ。

この龍飛の山中は秘境中の秘境。足を踏み入れるのは、アラハバキの安日皇子一族は別として、地元民以外にいない。道はないし、あっても迷路のように複雑な獣道《けものみち》だ。わずかばかりの道には、アラハバキの見張りがいるし、落とし穴や罠も仕掛けてある。普通の人間には、なかなか隠し砦まで通れない。

彼らは厳重な警戒をしている見張りにも見つからず、周到にめぐらした罠にもかかわらず、龍飛岬までやって来て、谺仙之助や自分を襲った。いったい、やつらは何者なのか？

十三湊の浜辺で、寒九郎に襲いかかり、寒九郎が会おうとしていた谺仙之助の偽者と余助を殺したのも、彼らに違いない。あの時、偽者の仙之助の胸に刺さっていたのも、エミシの毒矢だった。

寒九郎は、炎を見ているうちに、ふと思い出した。十三湊の浜で偽者の祖父が、毒矢を射られて、寒九郎に凭《もた》れかかった。その時、偽者は寒九郎の耳元《みみもと》に囁《ささや》いた。

「……ねずみがいる。気を……」

その時は、うっかり聞き流してしまったが、どこかに、ねずみがいる、気をつけろといっていたように思った。

どこに、といっていたのか？　寒九郎は普段、聞き慣れない言葉だったので、聞き取れなかったのだ。だが、いまなら分かる。タッピだ。偽者の祖父は、タッピにねずみがいる、といっていたのだ。

ねずみは、きっと内通者のことだろう。味方の顔をした裏切り者だ。

龍飛は、ここの隠し砦のことに違いない。内通者がいたから、刺客たちは、そのねずみの誘導があって、祖父の居場所を特定し、ここまでやって来た。そうでなければ、龍飛岬の草原に潜《ひそ》み、祖父の動向を知ることはできないだろう。

ねずみは、いったい誰か？　安日皇子に、身の回りに、裏切り者がいることを報《しら》せねばならない、と思った。信頼出来るのは、レラ姫、それに北面《ほくめん》の武士、安倍の辰寅兄弟ぐらいしかいない。

寒九郎は、龍飛岬の隠し砦もかならずしも安全ではない、と思うのだった。

大きくて真っ赤な太陽がゆらゆらと揺らめきながら、西の水平線に沈んで行く。夕陽が海面に黄金の柱を作った。それはまるで大自然が仙之助のために用意した墓碑のように見えた。

「仙之助様、本当に逝ってしまわれましたな」

草間は荼毘の煙に両手を合わせて、しんみりといった。

「しかし、最期の最期になって、初めて祖母の美雪様は生きているといっていたのには、驚いた。祖父はこれまで娘である母菊恵や叔母《おば》早苗にさえ、祖母が生きていると伝えていなかった。母や叔母も、一言も祖母のことを話してくれなかったので、てっきり亡くなっているものと思っていた」

「どうして、仙之助様にお尋ねにならなかったのです？」

「以前、大門先生から祖父はある事情から、祖母と実父を斬ってしまったために、二度と谺一刀流を使わないと誓い、谺一刀流を邪剣として封印したと聞いていた。そんな祖父に、あなたが祖母を斬ったのかなんて、無神経な質問は出来まい？　だから、ついつい祖母のことは気になってはいても触れないで来たんだ」

「なるほど。でも、変ですね。どうして仙之助様は奥様の美雪様が生きていることをずっと隠していたのか？」

「そうだな。祖父上が亡くなったいまとなっては、それは分からない。なぜ、隠したのか、当の祖母に訊くしかないな」

寒九郎は荼毘の炎を眺めながら、心の中で自問した。

もしかして、祖母美雪を亡くなったことにして、過去を封印していたのも、谺一刀流の封印と関係があるのではないか？

祖母が死んだことにして祖母を守る。それは祖父自身が死んだことにしたのと似ている。

でも、いったい、誰から祖母を守ろうというのか？　しかも、いったい、なぜ、祖母が狙われるというのか？

また、祖母美雪が、秋田藩佐竹西家当主の隠し子だという話も初めて聞く話だった。これまで聞いた話では、祖母美雪には許婚《いいなずけ》の秋田藩士竹中善之介《たけなかぜんのすけ》がいた。竹中と祖父仙之助は友人の間柄だった。祖父は、その竹中から美雪を奪うようにして、美雪と駈け落ちし、白神山地に籠もった。そこで祖父は、若くして谺一刀流を開き、祖母は菊恵と早苗の二人を産んだ。

だが、まさか、美雪が佐竹西家当主の隠し子だったとは。そんな家系の娘に、祖父仙之助は恋をして、竹中善之介から奪ったのだとすれば、竹中から恨まれるに決まっている。

竹中善之介は祖父に果たし合いを挑んで、遺恨を晴らそうとした。そこで、竹中善之介が祖父に勝ったことになっていた。果たし合いから帰った竹中善之介は、周囲に「斜一刀流、敗れたり」と公言していたという。

だが、思い出せば、勝った竹中善之介が許婚の美雪を取り戻したという話はなかった。

いったい、竹中善之介と祖父の間で、何があったのか？　本当に祖父は竹中に負けたのか？　いまとなっては、竹中善之介も、果たし合いに立ち合った津軽藩指南役もこの世にいないので、真相は闇の中だ。

「寒九郎様、お気を落とさないでください」

いつの間にか白衣に緋袴《ひばかま》姿のレラ姫が傍に立っていた。草間は遠慮して、ほかの巫女《みこ》と話をしている。

寒九郎は物思いから我に返り、レラ姫にうなずいた。

「ありがとう。祖父の思い出を辿っていたところだった」

「わたしも生前の尊師様には、いろいろお世話になっておりました」

「さようか。我儘《わがまま》な年寄りだったから、さぞ生前は迷惑をかけただろう。許してやってくだされ」

「そんなことはありません。尊師様には、いろいろ相談に乗っていただき、さまざまなお話を聞き、わたしの生き方の参考にさせていただきました」

「そうでしたか。祖父もレラ姫にいろいろ相談をされ、さぞ嬉しかっただろう、と思います」

「寂しくなりますね。尊師様がいなくなると」

「祖父は、あなたのような若い娘が好きで、きっとレラ姫のことも孫娘のように思っていたのでしょう」

「そうかしら。ほんとに尊師様の孫娘になれたらよかったのに」

レラ姫ははにかんだ。寒九郎は小さくなって行く荼毘の火に手を合わせた。

「祖父上、どうぞ、我らをお守りください」

寒九郎は次第に小さくなっていく荼毘の火にいま一度合掌して祈った。レラ姫も傍《かたわ》らで手を合わせ、何事かを祈っていた。

その夜、寒九郎は安日皇子の居間に呼ばれた。安日皇子の居間は、洞窟の中でも祭祀が行なわれる広場に次いで広く、天井も高く、どこかに通風孔があるのか換気もよく、居心地がよかった。

安日皇子は、寒九郎に護衛役北面の武士の一人として仕えてくれぬか、といった。

寒九郎は悦《よろこ》んでお引き受けすると申し上げた。だが、そうする前に、やらねばならぬことがいくつかあるので、しばらくのご猶予を頂きたいといった。

「何をしたい、というのか」

安日皇子は寒九郎に問うた。

寒九郎は、亡き祖父の谺一刀流の封印を解き、その奥義を受け継いで、新たに真正谺一刀流として復活させたい、その真正谺一刀流をもって安日皇子の国創りに貢献したい、と述べた。

そのため、寒九郎は出来るだけ早く、この地を離れ、秋田に行きたいといった。秋田には、祖母美雪がおり、祖父の遺骨を届けたい、とも。

安日皇子は、寒九郎の決心に驚いたが、反対はしなかった。むしろ、悦んで、寒九郎を送り出すといった。そして、寒九郎がなんとしても真正谺一刀流を開くよう要望し、出来るだけ早く、安日皇子の許に戻ってくれることを望んだ。

安日皇子の傍らで話を聞いていたレラ姫は、悲しげだったが、何もいわなかった。

二

明日は旅立つという前夜、安日皇子は寒九郎のため、盛大な酒宴を開いてくれた。酒宴の席では、巫女たちが踊り子になって、アラハバキの祭りの踊りを披露し、アラハバキの民謡が歌われた。

寒九郎と草間大介は、安日皇子をはじめ、安倍辰之臣、寅之臣兄弟や、これまで親しくなった人たちと、この日のために用意されたツガルの濁酒《にごりざけ》を飲み交わした。寒九郎は、したたかに飲んで、いつしか酩酊《めいてい》していた。

寒九郎は宴席で誰かと話しているうちに、猛烈な眠気に襲われ、思わず転寝《うたたね》しはじめた。その時、誰かの手によって、どこかに運ばれたのは記憶にある。

それから、寒九郎は夢の世界を彷徨《さまよ》った。それは淫靡《いんび》で目眩《めくるめ》くような快楽に満ちた極楽のような世界だった。寒九郎は幼子に還って、母の乳房をまさぐり、乳を吸った。幸せだった。何の心配もなく、母の胸に抱かれていたころの自分に戻っていた。芳《かぐわ》しい母の匂いがした。いや、母の匂いではない。似ているが、若い娘が立てる甘い雌の匂いだった。この夢、ずっと長く続いてほしい、と寒九郎は夢の中で何度も思った。

　目覚めた時、寒九郎はふくよかな女体《にょたい》の、胸に抱かれていた。蠟燭《ろうそく》の明かりに照らされたレラ姫の裸身が見えた。姫は無心に眠っていた。形のいい乳房、腰のなだらかな曲線、引き締まった下腹部、股間に見える黒い翳り。寒九郎は思わずレラ姫の裸身に見惚れていた。

　寒九郎ははっとして身を起こした。寒九郎も裸だった。

「お目覚めになりましたか？」

　レラ姫は羞《はず》かしそうに微笑《ほほえ》み、急いで掛け布で裸身を隠した。

　寒九郎は、昨夜何があったのかを悟った。あたりを見回した。祖父が使っていた寝所だった。草間の姿はない。

「それがし……」

　あとの言葉が出なかった。レラ姫は嗄すれた声でいった。

「恐かった。……でも、うれしかった」

「済まん」

　寒九郎は思わず謝《あやま》りの言葉を吐いていた。

「まあ。なぜ、謝るのです？」

レラ姫は優しく微笑み、何もいわずに寒九郎の腕を摑んで引き寄せた。黒目がちの大きな眸《ひとみ》が目の前に近付き、目蓋《まぶた》を閉じた。

寒九郎はレラ姫の肉感的な唇に唇を重ねた。レラ姫の口から甘い吐息が洩れた。

洞窟の外は、からりと晴れた天気だった。

龍飛岬が臨む海峡は、紺青《こんじよう》色に染まり、北前船が一隻、帆に風を一杯に孕《はら》ませ、西から東に航行している。

レラ姫は釣瓶《つるべ》井戸で水を汲み上げ、手桶に水を注いだ。寒九郎は桶の水を掬《すく》い、顔を洗った。

レラ姫が朗《ほが》らかな声で挨拶した。

「おはようさん」

「レラ姫様、おはようございます」

「レラ様、おはようございます」

若い女の声がした。次いで草間大介の挨拶の声が聞こえた。

寒九郎はレラ姫が差し出した手拭いを受け取り、顔を拭きながら、草間に目をやった。草間大介は照れた顔で立っていた。見覚えのある女を連れていた。草間は女から手拭いを受け取りながら、ぼそぼそっと小声でいった。

「少しばかり、昨夜は酒を飲み過ぎたようです。思わぬなりゆきになり申して……」

草間はちらりと女を見、頭を掻いた。

女は巫女たちの一人だった。瓜実顔《うりざね》の艶《つや》のある女だった。

「舞《まい》です。よろしく」

女は寒九郎にも頭を下げて挨拶し、レラ姫と何やら言葉を交わした。釣瓶で水を汲み上げ、桶に水を注いだ。

寒九郎も小声でいった。

「それがしもだ」

女が笑顔を草間に向け、水が張った桶を台の上に載せながらいった。

「はい、大介さま、お顔をお洗いくださいまし」

「うむ」

草間は腰を屈《かが》め、水を手で掬うと、バシャバシャと勢いよく顔に浴びせて洗った。

傍らで、甲斐甲斐しく舞が手拭いを用意している。

「さ、寒九郎様、朝餉の用意が出来てます。わたしたちは参りましょう」

レラ姫は寒九郎の手を引き、森の一角に作られた桟敷に案内して行った。

栈敷には何人もの膳が用意されていた。

寒九郎は膳の一つに座った。そこからは、樹間から龍飛岬の岩山までの草原が望める。

「寒九郎様、わたし、決心しました」

レラ姫が寒九郎の茶碗に炊きたてのご飯を盛りながらいった。

「何を決心なさったのだ？」

「わたし、寒九郎様について行きます」

「ついて来ると？」

「はい。寒九郎様について秋田に参ります」

「そんな急に……」

「寒九郎様は、わたしのために辰寅兄弟に勝ってくれました。お父様も、それで納得してくれました」

寒九郎はレラ姫に向き直った。

「実は、わたしには、夷島に親たちが決めた許婚の男がいました。でも、わたしは自分で、自分の夫《めおと》は決めたい、と思っています。お父様にいいました。わたしは、寒九郎様と夫婦になりたい、と」

「突然に、それがしのような者が、親王様の姫と一緒になるなどとは……」

寒九郎は慌てて言い訳をしようとした。

「あなたは、昨夜、わたしを抱きながら、一緒になろう、とおっしゃっていました」

「それがしが……そんなことをいっていたか？」

寒九郎はますます慌てて、桟敷に座り直した。覚えがない。だが、姫は覚えているのだろう。レラ姫は、寒九郎の膝に詰め寄った。

「では、昨夜のことは、お遊びだったのですか？」

「いや、そういうことではない。決して遊びではない。真剣だった。だが、突然にこうなるとは……」

寒九郎は、しどろもどろになった。

「だったら、本気でわたしを抱いてくれたのですね」

「まあ、そういうことだ」

レラ姫はほっとした顔になった。

「よかった。わたしは、寒九郎様と結ばれる運命にあったんです。亡くなった母が、イタコの口寄せに現われ、まもなく江戸から、アラハバキの血筋の若武者が来る。その人と一緒になりなさい、といっていました。わたしは、そのお告げの通りに、あなたが現われたので、初めは信じられずにいたのですが、だんだん、寒九郎様が好きになりました」

レラ姫は恥じらうように下を向いた。うなじがほんのりと赤くなっている。

「お父様は、わたしに許婚がいるのに、どうしてほかの男がいいのだ、と怒りました」

「ううむ」

「でも、わたし、あなたと一緒になれるなら、駈け落ちしてもいい、とまでいったのです」

「…………」

「仙之助様にも、同じことを申し上げました。仙之助様は、わたしにとって、実の祖父のようなお方でした」

「祖父上は何といっていました？」

「もちろん、仙之助様も賛成してくれました。かつて、自分も許婚のいた女子を攫《さら》うようにして一緒になったと」

寒九郎は、祖父なら、そういうだろうな、と思った。

「姫が好きになった男で、男も姫を好きになったら、もう誰も止めようがない、とも」

「ううむ」

「お父様は、まだ反対しておられました。わたしには、強い男でないと、嫁にやれぬ、とおっしゃっていたのです。それで、わたしはお父様にいいました。もし、寒九郎様が辰寅兄弟に勝ったら、わたしは前の婚約を解消し、寒九郎様と一緒になる、と申し上げたのです。お父様は、寒九郎様があの辰寅兄弟相手に勝てるわけがない、と申されていましたが、見事、寒九郎様は勝ってくれました」

「どうして、そのことを先にそれがしにいってくれなかったのですか？」

「あなたに余計な心配を掛けたくなかったのです。知らなければ、辰寅兄弟と無心に戦えるでしょう？」

たしかにその通りだ、と寒九郎は思った。

草間が舞に連れられて桟敷にやって来た。草間は寒九郎の隣の膳に座った。

「いやあ、参りました」

草間は照れ笑いをした。舞が甲斐甲斐しく草間の世話をしている。レラ姫は舞と草間にちらりと目をやった。

「草間、あなたは舞が気に入ったんですね」

「はあ。そんなところです。それがしがというより、舞殿がそれがしを……」

舞が草間の脚を着物の上から抓《つね》った。

「うそ、大介様が私を気に入って、先に声をかけて来なさったんじゃありませんか」

「そうだったかな」

「わたしも大介様が嫌いじゃないけど」

舞の話に草間は満更でもなさそうにうなずいていた。

レラ姫は草間に向いていった。

「ところで、いま寒九郎様と話をしていたのですが、わたしも一緒に秋田に行きます」

「え、レラ姫も同行するので？」

草間は寒九郎の顔を見た。

「まだ決まったわけではない」

「いいえ。決めました。昨夜、あなたはわたしを連れて行くといっていたじゃないですか」

「え。それがしが連れて行くといった？」

覚えがなかった。酔った勢いで、そんなことをいっていたのか？　寒九郎は頭を傾《かし》げた。

「あなたは、こういってました。祖父の奥さん美雪様が生きているのが分かった。美雪様に仙之助様の最期について、お話しせねばならない、おまえもぜひ、一緒に行って、生前の仙之助様についてお話ししろ、と」

「ううむ。そんなことをいったかな」

「いいました。わたしも、ぜひ、美雪様にお会いし、仙之助様がわたしを実の孫娘のように可愛がってくれたことをお話しし、恩返しをしたい、と思っています」

寒九郎は、弱ったなあ、と思った。

「しかし、秋田に行くにせよ、何が起こるか分からない危険な旅だ。おぬしを連れて行くわけにはいかん」

「じゃあ、おとなしく、あなたが危険な旅から無事帰って来るのをじっと待っていろとおっしゃるの。わたしはそんなのは厭《いや》です。わたしは、いつも、あなたのお側《そば》にいて、あなたをお守りしたい」

「それがしを守る？」

寒九郎は草間と顔を見合わせた。草間がレラ姫を諫《いさ》めるようにいった。

「寒九郎様も、それがしも、自分を護るだけでもたいへんなのに、姫のことも護らねばならないとなると……」

「草間、わたしはあなたたちに護ってもらうつもりはありません。わたしも武芸を身につけています。自分のことは自分で守れます。だから、寒九郎様、心配無用。わたしがあなたをお守りいたします」

　たしかにレラ姫は普通の女ではない。並の男以上に武芸を身につけている。流派は分からないが、馬上で小太刀を揮《ふる》う様は、かなりの腕前と見た。男勝りに馬も自在に乗りこなしている。刀ばかりか、短弓も射る。

「では、寒九郎様、わたしもこれから旅の支度をします」

　レラ姫は白い手で寒九郎の顔をそっと撫でて、立ち上がった。

「朝餉を済ませたら、出立の時刻まで、部屋でお休みくださいませ。舞、あとのこと、お願いしますよ」

「はい。姫様」

　舞はじっと草間を見つめながら返事をした。

　レラ姫は裾を翻《ひるがえ》し、急ぎ足で洞窟へ戻って行った。

「寒九郎様、本当に連れて行くのですか？」

「だめだ、といっても、レラ姫は付いて来るだろう。こうなったら、一緒に連れて行くしかない」

「そうでございますな」

草間はそういいながら、舞を見た。

「おまえは連れて行けないからな」

「どうして？」

舞は不満そうに草間を睨んだ。草間は笑った。

「おまえは姫と違って己れを守ることは出来まい？　どうしても我らの足手纏《あしでまと》いになる。いい子だから、親王様について、ここにいろ」

「いつまでも親王様はここにいません。また十三湊に戻るか、故郷の夷島に帰るかも知れません」

「そうしたら、それがしが探して行く。それがしは必ず帰る」

「本当に帰って来る？」

「それがしは武士だ。武士に二言《にごん》はない」

草間は舞に笑いながら、言い渡した。舞は不満げに頬を膨らませたが、それ以上、何もいわなかった。

洞窟から、安日皇子と白木の箱を抱えた大曲兵衛が出て来た。

舞は慌てて草間から離れて正座した。

寒九郎と草間も急いで桟敷に座り直し、安日皇子に挨拶した。

「ふたりとも、昨夜はだいぶ酩酊したようだな」

安日皇子はにこやかに笑った。

「申し訳ありません。つい深酒して羽目を外してしまったようです」

寒九郎は草間とともに頭を下げた。

「おぬしたちだけではない。辰之臣も寅之臣も、巫女たちを相手に、だいぶ賑やかに騒いでおった」

安日皇子は、後ろに控えている辰之臣と寅之臣に優しい目を向けた。辰之臣も寅之臣も、羞かしそうに下を向いていた。

寒九郎は辰寅兄弟が巫女たちを侍《はべ》らせ、歌を唄ったり踊ったりしながら、豪快に杯を重ねていたのを思い出した。二人とも、まだ二日酔いらしく赤い顔をしていた。

大曲兵衛は白木の箱を桟敷に置きながらいった。

「師匠も酒が好きで、みんなで酒を飲んで歌ったり踊ったりして騒ぐのが大好きでした。きっと師匠も喜んで成仏したことでしょう。それがしも、昨日のうちに駆け付ければ、お仲間に入って騒げたのに、本当に残念でたまりません」

大曲兵衛は、今朝船で龍飛の隠し湊に着いたばかりのようだった。

安日皇子と大曲兵衛は桟敷に上がり、寒九郎たちの前に胡坐《あぐら》をかいて座った。

「ちょうどよかった。大曲兵衛殿にお願いがあります」

寒九郎はあらたまって大曲兵衛に向き直った。

「祖父上は死ぬ間際に、それがしに祖母美雪は生きている。祖母に会って、谺一刀流の奥義を訊け、と遺言されました」

「そうですか。師匠は封印を解くと申されたのですか」

大曲兵衛は真剣な眼差しで、寒九郎を見た。

「奥義を伝授されたあと、阿吽《あうん》の大曲兵衛殿、南部嘉門殿から谺一刀流の剣技表十段、裏八段を教授してもらえとも」

寒九郎は祖父に訴えた話をすべて聞かせた。

話を聞いていた大曲兵衛は大きく頷いた。

「そうでしたか。それで、寒九郎様が谺一刀流の奥義を聞き、新しく真正谺一刀流を立ち上げるというのでござるな」

安日皇子も喜んだ。

「余も、度々《たびたび》、尊師に谺一刀流を復活させせよ、といってきたが尊師はなぜか、首を縦に振らなかった。さすが、可愛い孫の寒九郎の要望は尊師も断れなかったのだろう」

　寒九郎は続けた。

「大曲殿は、祖母が生きていたこと、御存知だったのではないのですか？」

「正直に申しまして、存じていました。ですが、師匠から、それがしも南部嘉門も、他言無用、絶対に美雪様が生きていることは口外してはならない、と固く禁じられておりました」

　大曲は口をへの字にして頭を振った。

「では、祖母が秋田のどこに居られるかも知っているのですね？」

「はい。存じております」

「どこに居られるのです？」

「大館《おおだて》です。大館の桂城下《かつらじようか》の外《はず》れに、ひっそりとお住まいです」

「祖父上は、祖母は佐竹西家当主の隠し子と申されていました。それは本当ですか？」

「はい。たしかにそう聞いています。佐竹西家の七代目当主義休《よしやす》様が、奥に奉公で上がっていた御女中にお手を付け、お生まれになったのが、美雪様と聞いております」

　大門老師の話を思い出した。

美雪は、評判の美しい娘だった。秋田藩の有力武家の娘で文武百般に通じ、なんでもこなす才女だった。馬にも乗るし、弓もやる。薙刀《なぎなた》をこなし、小太刀も遣った。茶道や舞踊の名取りでもあって、三味線《しゃみせん》も弾き、長唄《ながうた》を歌う。津軽三味線まで弾けたという、なんでもこなす娘だった。

その美雪を祖父仙之助が見初《みそ》め、許婚の竹中善之介から奪って駈け落ちして、白神山地に籠もった。娘美雪を許婚の許に戻そうと山にやって来た父親を殺め、止めようとした美雪も斬ってしまった。それゆえ仙之助は谺一刀流を邪剣として封印することを決めた——というのが、大門老師から聞いた話だった。

だが、橘左近先生は、大門老師の話を否定し、祖父は祖母の美雪を斬るようなことはしていない、といってくれた。谺一刀流を邪剣とした理由も別なところにある、といっていた。

仙之助が斬ったはずの祖母美雪が生きていることが分かったいま、大門老師の話には、だいぶ嘘や誤解が混じっているのが分かった。

谺一刀流を封印した理由は、谺仙之助自身がいっていたように、御上《おかみ》から密命を受け、皇統である先代安日皇子の暗殺を果たしてしまったことを悔い、それに使った谺一刀流を邪剣として封印したというのが真相だった。決して祖母美雪や、その父親を殺《あや》めたからではない。

　しかし、なぜ、祖母美雪を死んだことにしなければならなかったのか、新たな謎は残ったが、これは直接、祖母美雪に会って聞くしかない。いずれにせよ、谺一刀流の封印の謎が解けたことでひとまずよしとしよう。

　寒九郎は大曲兵衛に向いた。

「大曲兵衛殿、お願いがある。それがしを、秋田は大館城下に連れて行ってはくれまいか。祖父の遺言を果たしたい」

「分かりました。それがしも、谺一刀流の最後の弟子として、寒九郎様に秘技を伝授するため、協力いたしましょう」

　大曲兵衛は、白木の箱に向かい両手を合わせた。寒九郎も、谺仙之助の遺骨に合掌し、谺一刀流を復活させることを誓った。

　寒九郎は白木の箱を背負い、洞窟の中の階段を下へ下へと降りて行った。松明《たいまつ》を持って、先導しているのが辰之臣だった。寒九郎の後から、大曲兵衛、安日皇子、レラ姫や巫女たち、狩衣姿の男たちが続き、殿《しんがり》は寅之臣が務めている。

　歩きながら、みんな声明《しょうみょう》を唱えた。声明は洞窟内にわんわんと響いて、楽曲を奏でているように聞こえた。

やがて、砂地に降り立った。そこは伝馬船《てんません》一艘が出入り出来るような洞窟になっており、桟橋があった。沖合からは、ちょうど衝立てのような屏風岩《びょうぶいわ》の陰になるので、洞窟の入口は見えない。隠し砦に海から出入り出来る唯一の秘密の裏口だった。

洞窟の中の桟橋に一艘の伝馬船が繋がれていた。さらに、入り口の外の海には安東水軍の関船《せきぶね》が一隻投錨《とうびょう》している。大曲兵衛が小泊から乗って来た関船だ。伝馬船は、隠し砦の洞窟の桟橋と関船を往復して、人や荷物を積み降ろす。

寒九郎は背負っていた白木の木箱を静かに洞窟の中の砂地に下ろした。外海の波は、この隠し桟橋のところまでは打ち寄せて来ない。

安日皇子が神主となり、白木の箱の前で、高らかに祝詞を上げた。寒九郎や草間、大曲、辰寅兄弟、レラ姫や巫女たちが静かに頭を垂れる。

安日皇子が祝詞を上げている間に、寒九郎と大曲は白木の箱の蓋《ふた》を開け、紫布に包んだ遺骨を恭《うやうや》しく取り出した。

安日皇子が、最後に印《いん》を切って「喝ッ」と引導《いんどう》を渡す。寒九郎と大曲は包みを解き、喉仏だけを残し、遺骨を海に撒いた。

また安日皇子が高らかに声明を唱えた。

寒九郎は海の流れに乗って沈んで行く遺骨に合掌し、深々と頭を下げて別れを告げた。

参列者たちも、全員、声明を唱えながら、祈りを捧げていた。

しばらく、岩を食む波の音だけが響いた。

やがて儀式が終わると、みんな一斉に隠し砦への階段を登って行く。

大曲は船頭と一緒に伝馬船に乗り込んだ。

「寒九郎様、船に乗って行きませんか？　これで関船に乗り移れば、十三湊に明るいうちには到着しますが」

「そうしたいところだが、それがしたちだけでなく、馬も三頭いる。沖合の船に乗せるのはかなわない」

伝馬船で馬を運ぶことは出来るが、沖の関船に馬を乗り移らせるのは至難の業《わざ》だった。

「我らは、馬で来た道を戻る。今夜には、十三湊に着けるだろう」

「分かりました。それがしは、十三湊で能代湊《のしろみなと》に寄る北前船を手配しておきましょう。伝兵衛の船宿『丸亀』で、落ち合うことにしませんか」

「分かった。明日の朝までには、『丸亀』に行けるとは思うが」

「では、お待ちしています」

伝馬船の上で大曲が頭を下げた。船子《ふなこ》たちが伝馬船の船縁《ふなべり》を押した。伝馬船はゆっくりと洞窟の中から外海に出て行く。船子たちが伝馬船に飛び乗った。

伝馬船は関船に舳先《へさき》を向けて漕ぎ出され、やがて洞窟から出て行った。

「寒九郎様、馬の用意が出来ました。さっそくに出発しましょう」

レラ姫が朗らかに寒九郎にいった。

三

廊下に人の気配があった。

笠間次郎衛門は、畳に寝転んだまま、傍らの大刀に手を伸ばした。殺気はない。だが、用心に越したことはない。

「笠間様、起きてください」

番頭の与兵の声がした。

「なんだ?」

笠間は寝転んだままいった。

「お知らせが二つばかり入りました」

「話せ」

「一つは、どうやら、谺仙之助が亡くなったようです」

「ほう。誰が殺《や》った」

「不明です」

「不明？　まあいいか。拙者には関係ないこと。誰が殺ろうと知ったことではない」

「ですが、手紙には、寒九郎と一緒に葬り去るように、とありましたが」

「それがしの主敵は寒九郎だ。ほかの誰でもない。谺一刀流の開祖が殺されたとなれば、谺一刀流は、その程度のものとなるだけのこと。拙者も多少興味はあったが、手間が省けただけのことだ。それで、もう一つの知らせとはなんだ？」

「谺仙之助が死んだことで、寒九郎が龍飛から出て来るとのことです」

「なに、いつ？」

笠間はむっくりと起き上がった。

「今日午後、馬で隠し砦を出たとのことです。こちらをめざしているとのことです。寒九郎は女連れで、供侍一人」

「女連れの三人だな。やれやれ、やっとムジナが巣穴から出て来たな」

笠間は腕を擦《こす》った。

「で、いつここに着く」

「今夕遅くか明朝かと」

「そうか。着いてから、おもむろに呼び出すか」

「ところで、船宿『丸亀』に、船で来た余所者が一人滞在しているとのことです」

「ほう。いったい何者だ？」

「宿帳には幕府公儀見廻り組、鳥越信之介と記してあるそうです」

「なに、鳥越信之介だと」

笠間は目をぎろりと剝いた。

鳥越信之介は奉納仕合いで見かけた。寒九郎と仕合いをし、玉砂利に足を滑らせ、不覚を取った男だが、侮《あなど》れぬ剣士だ。鳥越もまた刺客として送り込まれたのだろう。

「御存知ですか？」

「うむ。鳥越も、また寒九郎を狙う刺客の一人。噂では、幕府は何人もの刺客を派遣しているそうだ」

「さようで」

「ここまで来て、鳥越にむざむざ獲物を横取りされてはかなわぬな。与兵、なんとかそいつを追い払う手はないか？」

「ないことはありませぬが」

「どんな手だ？」

「荒くれ者を何人か雇い、けしかけるとか」

「鳥越は強い。よほどの荒くれ者でも、かなりてこずる。死人も出よう。ほかにないか？」

「事前にもっともらしい嘘の話を流す方法もあります」

「たとえば？」

「寒九郎は、ここへ来る途中の小泊湊で廻船に乗ったらしい、十三湊は寄らず、江戸へ帰るらしい、とか」

「ほかに、もっともらしい話はないか？」

「寒九郎たちは馬を駆っています。十三湊へ来ても、馬がいるなら、船に乗る必要はない。だから、途中の五月女《さおとめ》村で海岸沿いに下りて十三湊に来る道を選ばず、十三湖の北岸を迂回して五所川原村に抜ける街道を行くのではないか、と。五所川原から、岩木川を遡り、弘前城下に向かうらしい」

「うむ。それを聞いたら、鳥越はどうする？」

「わたしだったら、すぐに十三湊を離れ、五所川原村に先回りしますね。五所川原で待ち伏せ出来なかったら、弘前城下に先回りする」

「よし。その話を流せ。余計な邪魔者はいない方がいい」

「承知しました。さっそく手の者に、いまの作り話を流させます」

与兵は大きくうなずいた。

「それはそうと、五所川原村にも刺客らしい侍が一人いるとのことです」

「五所川原村にもいると申すのか。なんという名の侍だ？」

「たしか、侍の名は、江上剛介」

「江上剛介か。知っている」

「こちらも御存知の方ですか？」

「知っているといっても、話したこともない男だ。ただ、かなりの腕の持ち主だ。たしか寒九郎と同門の剣士だ。寒九郎とも顔見知りのはず」

「同門なのに刺客となったのですか。江上剛介とやらは、寒九郎に何か遺恨があるのでしょうか？」

「いや。おそらく御上の密命だ。きっと、御上から寒九郎を斬れと命令されたのだろう。気の毒なやつだ。俺には関係ないが、江上剛介に寒九郎を討たれては、俺の立場がなくなる。江上剛介にも、こちらに出向かないような、ニセの話を流して、五所川原村から出ないように出来ないか」

「はい。やってみましょう」

与兵はさっと立ち上がった。

「与兵、それはそうと、ほんとに寒九郎は、十三湊に向かっておるのだろうな」

「はい。たしかに。わたしの手の者の得た話では、寒九郎はここで船に乗り、秋田に向かおうとしているというのです」

「秋田へ？　なぜ秋田に行く？」

「分かりません」

「まあいい。拙者には関係ないことだ。陸路で行くことはないのだな？」

「秋田に行くのなら、険しい山越えをする陸路を行くより、十三湊から船に乗り、能代か秋田の湊に出るのが常套《じょうとう》です。必ず彼らはここへ来ます」

「そうか。では、ここでのんびり待つことにしよう」

笠間次郎衛門はあばた顔を崩して、にんまりと笑った。

与兵は急いで階段を下り、どこかに姿を消した。

四

昼下がり、南からの風が吹き、浜辺の松の木の枝を揺らしていた。

鳥越信之介は、十三湊の桟橋が見える海岸の岩に座り、キセルで莨を喫っていた。

湊には北前船や安東水軍の旗印をなびかせた千石船が重なるように桟橋に居並んでいた。

十三湖の湖面にも、千石船が十何隻も沖待ちしている。十三湊は、長崎や堺《さかい》よりも賑わっているかも知れないと、鳥越信之介は思った。

驚いたのは、千石船の倍はありそうな異国船が堂々と十三湊に入港し、桟橋に積み荷を陸揚げしていることだ。

桟橋には体格のいい、異様な衣裳の異国人船員たちが下船し、幕府勘定方の役人たちと何事かやりとりしていた。彼らの仕草から想像して、十三湊の街を歩かせろ、と要求しているらしい。役人たちは、必死に彼らを街に出ないよう押し留めている。

まるで、ここは長崎の出島ではないか。

老中は、いまは開国への過渡期《かとき》だといっていた。異国の品物が琉球や長崎から流入するだけでなく、北の十三湊からも流入して来る時代に入りつつあるということか。

老中の構想は、この十三湊を都として育て、北の皇国を創らせ、夷島や北方の島々を統治させようという趣旨だった。そんなことが出来るのか、鳥越には分からないが、この地に住む津軽エミシのアラハバキを味方につけ、幕府の支配を強化しようという政策らしい。

そんななか、アラハバキの安日皇子の側近である谺仙之助や、その孫の寒九郎は幕府にとって、どれだけ利用価値があるのか、老中たちも測りかねている。

鳥越に対する老中の密命も、非常に複雑で込み入っており、鳥越自身、どう対応したらいいのか、分からない面もあった。

「鳥越様、亀岡伝兵衛の使いの者でございます」

船宿『丸亀』の屋号が入った前掛けをつけた若い男が腰を低めていた。

「丸亀の小番頭の鶴吉《つるきち》にございます」

「鶴吉、どうした?」

「伝兵衛からの伝言でございます。至急にお耳に入れたいことがあります」

「うむ。では、宿に帰ろう」

「いま旦那様はお役人に呼ばれて、出掛けました。鳥越様には、私が代わりにお知らせするようにとのことでした」

「そうか。それで伝兵衛の伝言はなんだ？」

「龍飛の隠し砦にいた寒九郎が、山を出て、馬を飛ばして、こちらに向かったとのことです。なお、寒九郎には男女二名が、やはり馬で同行しているとのことです」

「それはいつのことだ？」

「今日の正午過ぎとのことです」

「そうか。龍飛からここまで、馬を飛ばしてどのくらいの時間がかかる？」

「およそ、半日です」

「すると、今夕には十三湊に入るということだな」

「それが寒九郎たちは、途中の五月女村の岐《わか》れ道で、左手の道を選び、北岸に沿って走る街道を五所川原村に向かい、弘前城下をめざすつもりとのこと」

「なに、では、十三湊には来ないというのか？」

「はい。こちらに刺客が待ち受けているのを知ったらしいというのです」

鳥越は、寒九郎が間者《かんじゃ》を放ち、こちらの様子を窺っている、と思った。

しかし、五所川原村にも、刺客の江上剛介が待ち受けているというのに、寒九郎たちがこちらに来ず、五所川原村、さらには弘前城下に行こうというなら、先回りしたい。

「旦那様は、鳥越様に渡し船で、対岸の岩木川河口の津《つ》に渡り、街道筋の今泉《いまいずみ》で待ち伏せなさったらいい、と申しております」

「渡し船は、どこから出る？」

「あそこに並ぶ桟橋の一番手前の桟橋が渡し船の桟橋です」

小番頭の鶴吉は桟橋を指差した。

渡し船の桟橋には、いましも高瀬船《たかせぶね》に似た平底船が横付けになっており、荷や人を積みはじめていた。

いま急いで対岸に渡り、五所川原に向かう街道に張り込めば、寒九郎を捕まえることが出来る。

「鶴吉、ご苦労だった。それがしは、直《ただ》ちに渡し船に乗る。宿に残してある荷物は、そのまま保管しておいてくれ。お役が終わったら、すぐに戻る、とな」

「はい。旦那様にお伝えします」

鶴吉は鳥越に頭を下げた。鳥越はキセルを懐に仕舞い、渡し船の桟橋に駆け出した。

船頭が「船が出るぞう」と叫んでいた。

五

寒九郎は、愛馬楓を飛ばしながら、一刻も早く祖母美雪に会いたいと思った。母も叔母も美雪は死んだとしていて、どんな人だったかを聞いたことがなかった。

母菊恵や叔母早苗の容貌から想像するに、男の目を惹《ひ》く美形だったのは間違いない。どんな性格だったのかも、母や叔母を見ると、おおよそ想像出来る。年齢は祖父よりも十歳ほど下ということだったから、祖母美雪はちょうど還暦過ぎあたりだ。若くはないが、老婆ということではないだろう。歳を取っても、きっと綺麗で、淑やかな、心優しい御方だろうと、寒九郎は想像した。

祖父は、そんな祖母に、どんな谺一刀流の奥義を教えたのか、これまた楽しみではあった。一方で、祖母がすっかり耄碌《もうろく》して、奥義なんぞ、まったく忘れてしまっていたら、という不安もあった。

祖父仙之助自体、祖母美雪に会っていた形跡がまったく感じられないからだ。

「寒九郎様」

後ろからレラ姫の白馬が追い付き、並んで走り出した。

「少し馬たちを休ませましょう。十三湊は目と鼻の先よ」

上気した顔のレラ姫がいった。

振り向くと、草間の疾風も、口から泡を吹いている。

「ようし、どうどうどう」

寒九郎は楓の速度を徐々に落とした。レラ姫も草間も寒九郎に合わせて、馬の速度を落として、常歩《なみあし》にした。

龍飛の山中から下り、海岸沿いの道に出てから走りに走っていた。途中、小泊村で休憩したが、大曲兵衛の乗った船がすでに小泊湊を出航していると分かると、ここまで飛ばしに飛ばした。

いまは五月女村の岐れ路を過ぎ、海岸沿いの平坦な道になっている。左手前方には十三湖の湖面が広がり、右手には荒海が浜に打ち寄せていた。

前方の松林越しに、十三湊の灰色の屋根の連なりが見えた。

強い風が西から吹き寄せている。潮騒の響きが一段と高くなっている。

太陽はだいぶ西に傾いて水平線に近付いていた。あたりに黄昏がひたひたと押し寄せていた。

疾風に乗った草間が追い付いて、寒九郎、レラ姫と馬を並べた。

「今夜は、どこかの船宿ですな。船は明朝早くに出ることになりましょう」

「伝兵衛に頼み、『丸亀』に泊めてもらおう」

「亀岡伝兵衛の船宿?」

「そう。伝兵衛を知っている?」

「もちろん、伝兵衛はアラハバキの味方。お父様も私も何度か丸亀に逗留している。伝兵衛は、この地の名士。誰とも公平に付き合っている。幕府の役人ともね」

「さようか」

寒九郎は、道の前方に、人影が立っているのに気付いた。人影は二つ。人影の一つは道の中央に立っており、もう一つは道の端に蹲《うずくま》っている。

寒九郎とレラ姫、草間は押し黙り、ゆっくりと馬を並べて進んだ。

道の真ん中に立った人影は網笠を被っていた。

もしかして、名無しの権兵衛か?

寒九郎は、そう思った。だが、違う。人影は大男ではない。しかも痩せている。

しかも、猛烈な剣気を放っていた。

寒九郎たちが馬を進めて近付くと、だんだんと網笠男の姿が見えて来た。

西日はさらに水平線に近付いている。陽光は真横から射し込み、網笠の男を赤く照らしている。

道の端に蹲った人影も立ち上がった。そちらは、町人髷《まげ》を結っていた。腕組みをし、近付く寒九郎たちを眺めていた。

やがて、網笠の男が両手を開き、止まれという仕草をした。

男は網笠を脱いで、宙に放り上げた。網笠はくるくると回転して、風に流され、左手の湖面に落ちた。湖面は静かにさざ波を立てていた。

「寒九郎、待っていたぞ」

男は低い声でいい、あばた顔を醜く歪めて笑った。

「笠間次郎衛門ではないか」

寒九郎は驚いた。

「なぜ、こんなところにいる？」

「おまえを江戸から追って来た。この前の仕合いの続きをしよう」

笠間は有無をいわせぬ口調でいった。

寒九郎は、それ以上いわなくても、笠間が何をしに十三湊くんだりまで来たのかが分かった。

殺しに来たのだ。

異形な面相の笠間に、レラ姫は恐怖し、馬上で軀を硬直させていた。白馬もレラ姫の怖れを感じて、歩調を乱した。

草間が疾風をレラ姫の白馬の前に出した。疾風は異形な笠間の殺気を感じ、いなないた。

「それがしは、寒九郎にしか興味はない。これは、それがしと寒九郎の二人だけの話だ。手出し無用。いいな」

笠間は草間とレラ姫にいい、行けという仕草をした。

「草間、レラ姫、先に行ってくれ」

「でも、寒九郎様、この男はあなたを殺すつもりよ」

レラ姫は白馬の手綱を引いて、白馬を宥《なだ》めた。草間はいった。

「我らは立合いに手出しはしない」

もう一人の町人の男は懐手のまま、何もいわず黙って、草間やレラ姫を見つめていた。

笠間がにんまりと笑い、低い声でいった。

「こやつも、見届け人だ。手出しはしない」

笠間は馬上の寒九郎を見上げた。

「この前は、それがしがしくじった。まだ決着がついていない。この先に、いい場所がある。そこで勝負の決着をつけよう」

「どうしても、やるというのか？」

「やらねば、腹が収まらぬ」

「誰の命令だ？」

「誰のでもよかろう。おまえには関係ない」

「分かった」

寒九郎は、ひらりと馬を下りた。

「こっちだ。ついて来い」

笠間は寒九郎に背を向け、右手の荒海の海浜に向かい、道を外れ、草を踏み分けて歩み出した。当然、寒九郎がついて来るだろう、と後ろも見ない。

「草間、姫を連れて、先に行ってくれ」

寒九郎は楓の手綱を草間に手渡した。

「寒九郎様！」

レラ姫は悲痛な声で叫んだ。寒九郎は頭を振り、「心配いたすな」とレラ姫にいった。

寒九郎は笠間のあとについて、海浜へ足を運んだ。

草地に疎《まば》らに松が生えている。その松と松の間を抜けて、二人は海浜の荒地に出た。

正面に、真っ赤な太陽がかかり、水平線に黄金色の火の柱を映《えい》じていた。

笠間は西日を背にして立ち、寒九郎を振り向いた。

燃える太陽の中に、笠間の黒い影が立った。

「どうしてもやるのか？」

「くどい」

笠間はすらりと大刀を抜いた。

寒九郎も腰の大刀を抜いた。

二人は間合いを取った。

「それがしの秘太刀マムシ、受けてみよ」

笠間は、太陽の炎の中で刀を右八相《みぎはっそう》に構えた。それから、徐々に上段に刀を上げて行く。

寒九郎は呼吸を整え、青眼《せいがん》に構えて、笠間の動きを目で追った。太陽の赤い炎の中で、笠間の影が揺らぎ、よく見えない。

寒九郎は素早く右に走り、笠間が太陽を背負えぬようにしようとしたが、笠間は寒九郎と並んで走り、太陽を背負ったままだった。

止むを得ず、寒九郎は足を止め、また刀を青眼に構え、間合いを取った。

笠間の腕が上段に上がり、蛇が鎌首をもたげるように、刀の切っ先を寒九郎に向けた。

丸い太陽の炎の中に笠間の姿が隠れようとしていた。

太陽がいったん目に入ると、今度はどこを見ても、太陽が残像となって揺らめき、正常に物が見えない。

寒九郎は堪らず目を閉じた。心眼で笠間の動きに気を配った。

刀の切っ先が寒九郎の心臓を狙っている。じりじりと突き入れる機会を窺っている。

いきなり、笠間の軀が動いた。刀の切っ先が真直ぐに寒九郎を突いてくるのが見えた。

寒九郎は刀で打ち払い、後ろに飛び退《の》こうとした。打ち払おうとした刀は、空《くう》を切っていた。笠間の刀の切っ先が寒九郎を追い、右肩を突いた。

寒九郎は一瞬軀を引いて、刀の切っ先をいなして逃げた。右肩にちりりと激痛が走った。鮮血が吹き出し、筒袖の肩を血で染めた。

「寒九郎、秘太刀マムシと命名したが、切っ先に毒は塗っていない。安心いたせ」

笠間は頬を歪め、嘲《せせ》ら笑った。

「いまのは小手調べだ。次は避けられないぞ」

笠間はまた刀を上段に振り上げ、頭上で両手首を捻《ひね》り、刀を回して切っ先を寒九郎に向けた。

太陽は水平線に半分没し、さらに眩い陽光を燦爛《さんらん》させている。

日が沈み、一瞬に赤光が海面に走る時、笠間のマムシが飛びかかって来る、と寒九郎は悟った。

寒九郎は青眼をやめ、刀を右下段後方に構え直した。顔を伏せ、半眼で相手を窺った。

日がじりじりと水平線に沈み出した。寒九郎は、右肩の傷口から流れる血をそのままに、相手を窺った。

太陽が突然、落ちるように没した。残光が海面に走る。同時に笠間の刀が動いた。

寒九郎は逃げず、逆に前に跳んで、笠間の斬り間に飛び込んだ。刀を突き入れる。

笠間は不意を突かれて、飛び退こうとした。

寒九郎はなおも進み、笠間の懐に入った。笠間は振り上げた腕が寒九郎の軀に邪魔されて下ろせず、体を躱して逃げようとした。逃げながらも、刀の切っ先を寒九郎に突き入れようとした。

寒九郎は軀を回転させ、その回転力を乗せた刀で笠間の胴を払った。笠間は、うっと唸った。刀をぽとりと落とし、両手で腹を押さえた。

笠間の手の指の間から血潮が溢れ出て、流れはじめた。

寒九郎は刀を下ろし、残心《ざんしん》した。

笠間は寒九郎の足許に膝から崩れ落ちた。

「寒九郎様！」

レラ姫が暗がりから飛び出し、残心している寒九郎に抱きついた。

近くで見ていた町人風の男は、「秘太刀マムシ、敗れたり」といい、闇の中に姿を消した。

「寒九郎様、肩の怪我、見せて」

レラ姫が寒九郎の肩の傷に気付いて叫んだ。

「大丈夫だ。これくらいの傷は平気だ」

寒九郎は血で汚れた刀身を懐紙で拭って捨てた。だが、肩からの血は止《と》めどなく着物に滲み出、染みが拡がっていく。

「そんなことはない。血を止めなければ。草間、来て！」

レラ姫は草間を呼んだ。草間は三頭の馬を引き連れ、暗がりから現われた。

草間は寒九郎の肩の傷口に、手拭いを当てて押さえた。

寒九郎は目眩《めまい》を覚え、レラ姫の肩に寄りかかった。レラ姫は優しく寒九郎を抱いて支えた。

「さあ、馬に乗って。伝兵衛の宿で手当てしましょう」

草間が寒九郎を楓の背に押し上げた。

「寒九郎様、しっかりして。眠らないのよ」

寒九郎はレラ姫の叱咤する声を耳にしながら、気が遠退《とおの》くのを覚えた。


寒九郎ははっと気が付いた。いつの間にか、布団に横になっていた。

「寒九郎様、気付いたのね。よかった。龍按《りゅうあん》先生のお陰」

傍らから、レラ姫が覗いていた。隣に草間大介や伝兵衛、大曲兵衛の顔があった。

「あと半寸深く切っ先が刺さっていたら、動脈が切断され、大量に血が失われ、死んでいたところです」

見知らぬ顔の髯男がいった。どうやら、この髯男が龍按先生らしい、と寒九郎は思った。

「一応、傷口は針で縫合してありますが、抜糸するまでは、あまり急激な動きをしてはいけません。また傷口が開き、出血するかも知れませんので。しばらく、安静にして、ここに逗留するのですな」

ここに逗留する？　冗談ではない。一刻も早く祖母に会いたいのに。

寒九郎は髯男に訊いた。

「明日には、船に乗って出立したいのですが、無理ですか？」

髯男は驚いて目をしばたたいた。

「船に乗っても、安静にしていれば、大丈夫だとは思いますが、二三日でいいので、こちらでお休みになった方がいいですよ」

では、お大事にといって、髯男は腰を上げ、レラ姫に送られて、座敷から出て行った。

「寒九郎様、本当に明日出立するのですか？」

草間が心配そうに寒九郎の顔を覗いた。

「大丈夫。なんのこれしきの怪我」

寒九郎は強がった。

大曲兵衛が腕組みをして考え込んだ。

「ここで静養なさった方がいいのではないか、とそれがしは思うのですが。伝兵衛さん、あなたはどう思います？」

亀岡伝兵衛は、声を低めていった。

「実は、寒九郎様を探している侍がこちらに投宿していたのです」

「なに、こちらにも刺客がいる？」

「はい。今朝まで」

伝兵衛は声をひそめた。寒九郎が訊いた。

「名前は？」

「公儀見廻り組の鳥越信之介と名乗る侍です」

「鳥越信之介か。なぜ、鳥越がここに」

鳥越信之介は、北辰一刀流皆伝の剣の遣い手だ。一度、仕合いで戦ったことがあるが、すんでのところで負けるところだった。鳥越が玉砂利に足を滑らせたので、幸運にも寒九郎が勝つことが出来た。今度戦ったら、きっと負ける。

大曲が訝った。

「公儀見廻り組はいったい、何を調べているのか」

「さあ、分かりません」

伝兵衛は頭を振った。

「龍按先生はお帰りになりました」

医者の龍按を送ったレラ姫が静々と戻って来た。レラ姫はみんなの様子を見て怪訝な顔になった。

「どうしたの？　みんなひそひそ話をして」

草間が事情を話した。

「その鳥越という侍は、この宿にいるというの？」

「いや、いまはいません。運がいいことに、寒九郎様と入れ違うように、今朝五所川原村の方に出掛けたのです」

伝兵衛はいった。レラ姫が訊いた。

「では、ここに戻って来るのですね」

「戻って来ることでしょう。おそらく、鳥越様も幕府から何か命じられていると思います。寒九郎様を探しているということなので、用心に越したことはない。彼が戻って来ないうちに、出立した方がよかろうか、と」

「伝兵衛、それがしも、出来るだけ早く、ここを出立したい。船の方の手配、お願い出来まいか」

寒九郎は床の中からいった。

伝兵衛が大きく頷いた。

「分かりました。鳥越様が帰らぬうちに、四人の人と馬の運搬の手配をしましょう」

六

鳥越信之介は腹を立てていた。

渡し船で岩木川河口の湊に渡り、三日間、朝から夜遅くまで、五所川原村へ抜ける街道筋に張り込んでいた。

街道を往来する旅人はほとんどいなく、たまに行商人、富山《とやま》の薬売り、猟師や子どもたちが街道を通るだけだった。ほとんどの旅人や地方見回りの役人などは、岩木川の舟運を使い、渡し船で十三湊との間の往来をしている。

結局、寒九郎たちが街道を通ることはなかった。二泊三日というもの、街道筋の宿屋でぼんやりと時間を潰すしかなかった。

これでは老中に報告することは何もない。

もしかして、寒九郎たちは、五所川原村に江上剛介のような刺客がいると知り、経路を変えたのかも知れない。三日張り込んで、現われないとしたら、陸路をやめ、海路に変更したかも知れない。

しかし、寒九郎は、いったい何処《どこ》に行こうとしているのだろうか？

どうも、よく分からないことばかりだ。

渡し船で十三湊に戻り、船宿に着いて驚いた。

なんと寒九郎たちは、鳥越と入れ替りに十三湊に入り、船宿『丸亀』に投宿して、翌朝には船に乗って出立していたのだ。

その時まで、寒九郎は三人連れだったが、十三湊でもう一人加わり、四人連れになっていた。仲間を募りながら旅をしているということなのだろうか？

鳥越は伝兵衛に会い、伝兵衛からの知らせで、五所川原村へ抜ける街道に張り込んだが不首尾だったといった。ところが、伝兵衛は、そんな伝言は誰にも頼んでいませんよ、と怪訝な顔をした。

丸亀の前掛けをした小番頭の鶴吉から聞いたというと、丸亀には、鶴吉などという小番頭はいない、という。

鳥越はキツネにつままれた気分だった。すると、伝兵衛は笑いながらいった。

「それは、きっとここにいる鳥越様を街道の方におびき出す策略ですよ。ニセの話を流し、鳥越様の注意を五所川原村への街道筋に引き付け、その間に十三湊から船で逃れる。さすが寒九郎様は知恵者だ」

伝兵衛は、騙された鳥越に同情せず、騙した側の寒九郎を誉めた。鳥越は、この伝兵衛は、本当に幕府側の協力者なのか、本当は寒九郎側、アラハバキ族側なのではないのか、と不審を抱いた。

だが、当の伝兵衛は、一向に気にする気配もなく、こうもいうのだった。

「もしかすると、寒九郎様は鳥越様と会いたくなかったのかも知れませんよ」

「どうしてだ？」

「寒九郎様たちは、突然に『丸亀』を訪ねて来て、投宿したのです。もし、鳥越様がいたら、一悶着も二悶着もあったのではないかと思います。ですから、鳥越様がいるのを知った寒九郎様は、事前に街道を通って、五所川原村に抜けるというニセの話を流し、鳥越様をおびき出したのではないか、と」

「なるほど。そういうこともあるか」

鳥越は伝兵衛に向き直った。

「もしや、おぬしが寒九郎とそれがしを会わせぬために、仕組んだのではないか？」

「滅相《めっそう》もない。私はいつも自然体、自然のなりゆきに任せております。運を天に任せ、もし、鳥越様と寒九郎様がぶつかりそうであっても、私がそれを避けるよう仕組むことはありません」

「伝兵衛、おぬしは、いったい、どちらの味方なのだ？　幕府の私や役人と仲良くしつつ、寒九郎たちも受け入れる。どういうことなのだ？」

「鳥越様、私どもは商売人です。敵も味方もないのです。もちろん、好悪はあります。鳥越様も寒九郎様も、どちらも好きです。そうとしかいいようがありません」

伝兵衛は悪びれる様子もなしにいった。

「それはそうと、お知らせしたいことが一つあります」

「何かな？」

「谺仙之助様が七日前に闇討ちされました」

「なに、谺仙之助が闇討ちされたと？　何者がやったのだ？」

「それは分かりません」

「鹿取寒九郎は、たしか谺仙之助の孫ではなかったか？」

「はい。さようで」

「寒九郎は下手人について何かいってなかったか？」

「覆面をした五人の刺客たちで、そのうち頭《かしら》の男は覆面を脱いだので顔は見たそうです。男は額に鈎手の刺青をしていた、と申してました」

「谺仙之助は、刀で斬られたのか？」

「いえ、毒矢で射られたと」

「そうか。気の毒にな」

「鳥越様、どうして気の毒なのですかな」

伝兵衛は怪訝な顔をした。

「谺仙之助は、谺一刀流の開祖。その剣の達人が刀で戦えず、矢に射られるとは不運としかいえまい」

「鳥越様は、やはり、私が見込んだようにお優しい方だ」

「同じ武士として、無念だろうと思っただけだ」

鳥越は頭を振った。

伝兵衛は、ところで、もう一つご報告することが、といった。

「鳥越様が街道の方におびき出されたあと、鳥越様が刺客だとおっしゃっていた『安楽』の笠間次郎衛門が寒九郎様を待ち伏せし、立合いを申し入れました」

「なに笠間が寒九郎に挑んだ？　寒九郎はどうなった？　まさか、殺されたのではあるまいな」

「寒九郎様は手傷は負ったものの、笠間を見事打ち負かしました」

「伝兵衛、おぬし、立合いを見たのか？」

「いえ。寒九郎様とお仲間たちは、うちに投宿したのです」

「それがしが、対岸なんぞに出掛けず、ここにいたら、寒九郎と直接対決出来たのに」

　鳥越は地団駄《じだんだ》踏んで悔しがった。

「寒九郎様は肩に傷を負っていて、出血がひどかったんで、私が急遽《きゆうきよ》十三湊にいる知り合いの蘭医を呼んで手当てをしてもらいました。経過は良好だったので、翌朝、寒九郎様たちは北前船に乗り、出立しました」

　鳥越は訝《いぶか》った。

「寒九郎は、いずこに行ったのだ？」

「秋田の大館と申してましたな」

「秋田大館に何をしに？」

「大館には、寒九郎様の祖母がおられるそうで。つまり、谺仙之助様の奥方様がおられる。そこへ孫として、祖父谺仙之助様のお骨をお届けするようなことを申されてましたな」

「なるほど。法事か。仕方ないな」

鳥越はほっとした。老中には、寒九郎の行動を逐一、子細に報告するよういわれていた。だが、法事となれば政治的な動きではない。

寒九郎を追って秋田まで行かずともいいだろう、と鳥越は思った。

だが、このことが、のちにまさかの一大事になるとは、鳥越も分からなかった。

七

寒九郎たちを乗せた北前船は、北東からの順風を帆一杯に受け、順当に航海していた。

「わたし、秋田は初めて」

レラ姫は船に摑まりながら、寒九郎に囁いた。

「それがしもだ」

「あら、お母様に連れられて、秋田に来たのではなくって？」

「もし、そうだとしても、赤ん坊だったころだから、それがしにはまったく覚えがない」

寒九郎は、ごつごつした海岸の岩や石を眺めながらいった。思えば、母は自分のことを秋田の衍家に連れ帰ったという話をしたことがなかった。それだけ、疎遠だったのだろうか？　弘前の鹿取の実家には、母に連れられ、何度も遊びに行った記憶はある。

「あなたのお母様を産んだお母様って、どんな方かお会いするのが楽しみだな」

レラ姫は屈託《くったく》なく笑った。レラ姫の黒髪が風に吹かれて寒九郎になびいた。かすかに芳《かぐわ》しいレラ姫の匂いがした。

「レラ姫の母上は、どんな女性だったのだ？」

「お父さまによると、いまの私をもっと綺麗にした大人の女だって」

「ふうむ」

寒九郎はレラ姫を見つめた。

「そんな目で見ないで。羞かしい」

「やはり、大きな黒目がちの眸をしていたのだろうね」

寒九郎はあらためてレラ姫の眸を覗き込んだ。レラ姫も笑いながら、寒九郎を見返した。

レラ姫の眸は真っ黒だと思ったが、そうではなく、濃厚な茶褐色をした虹彩《こうさい》だった。

その茶褐色の虹彩がきらきらと艶を帯びて光り、寒九郎を見返している。

寒九郎は、きれいだ、と心の底で驚嘆した。

レラ姫はちらりと目線を外し、陸地を見た。

北前船は清んだ水の川の河口にある湊に向かって進んでいた。


能代湊で寒九郎たち四人は陸に上がった。

寒九郎たちは、楓、疾風、シロの三頭の馬を船から下ろした。大曲兵衛は馬には乗らぬといった。己れの足で駆け回るといって譲らなかった。

能代湊で、川船に乗り換える。そこからは、ゆったりと流れる米代川《よねしろがわ》を川船で上流域まで遡《さかのぼ》り、大館城下、通称秋田城下に入るのだ。

大曲兵衛の話では、祖母美雪は秋田城下の郊外にある佐竹西家当主の別邸に、ひっそりと住んでいるとのことだった。

寒九郎たちは三艘の高瀬舟に、馬とともに分かれて乗り込んだ。馬たちは慣れぬ舟に、初めは不安そうにしていたが、楓、疾風、シロと、それぞれに飼い主が一緒に乗り込み、宥《なだ》め賺《すか》しておとなしくさせた。

三艘の高瀬舟は、手慣れた船頭たちによって、大きく蛇行する米代川を遡り、中流域までは順当に進んだ。上流域に入って、かなり流れは急になったり、浅瀬が続いたりしたが、船頭たちは高瀬舟を自在に操り、難所を何箇所も越えた。その日の夕方前には、三艘とも大館城下の船着場に漕ぎ着けることが出来た。

寒九郎たちは、天守閣《てんしゅかく》こそないが、弘前城に比しても、まったく遜色ない堅牢そうな大館城に圧倒されながら、城下町に入って行った。

大曲兵衛は、よく道を覚えており、舟を下りてからすぐ、祖母美雪が住む別邸に、みんなを案内した。

別邸は寺町を通り抜けた先に拡がる、鬱蒼《うっそう》とした森の中にひっそりと建っていた。屋敷の周りは頑丈そうな築地塀《ついじべい》が張りめぐらされ、敵が押し寄せても、すぐには押し入ることが出来そうにない造りになっている。築地塀は、かなりの年月を経て、一面蔦《つた》で覆われていた。

築地塀の中には、古いが立派な武家造りの家屋が建っており、ちょっと外目には、人が住んでいないように見えるほど静まり返っていた。

かつて、佐竹西家当主が別邸に側室《そくしつ》やお気に入りの側女《そばめ》を住まわせて通ったという隠れ家でもあった。

いつしか、日はだいぶ西に傾き、あたりは薄暗くなっていた。

大曲兵衛は、武家門の扉を叩き、訪《おとな》いを告げた。しばらくして、木戸が開き、上品そうな老女が顔を出した。大曲兵衛は、何事かを老女に囁いた。老女はうなずき、しばらくお待ちを、と言い残して、木戸の裏に姿を消した。

寒九郎は軀が震える思いがした。まだ一度も、きっとそうだ、お会いしていない祖母。どんな女性なのか、分からない。気難しい方なのか。意地の悪い老婆なのか。想像するに千々《ちぢ》に心は乱れた。

寒九郎はレラ姫の顔を見た。レラ姫は、「大丈夫」と寒九郎を小声で励ました。

「きっと会ってくださる。あなたのお祖母さんだもの、きっと優しい御方に決まっている」

草間も三頭の馬の手綱を握り、馬たちを落ち着かせようと宥めていた。

大曲兵衛は難しい顔で、天空を睨み、落ち着きなく膝を揺らしていた。

しばらくして、先程の老女が木戸から顔を出した。

「お会いになります。どうぞ、中へお入りください」

「ありがとうございます」

大曲兵衛は老女に最敬礼した。

「お馬さんたちも、どうぞ厩《うまや》へ入れてください」

武家門の扉が軋《きし》みながら、左右に開かれた。

小者と下男《げなん》が現われ、草間から三頭の馬の手綱を受け取った。馬たちは下男に口を取られ、おとなしく屋敷の裏庭に引かれて行った。おそらく厩が裏にある様子だった。

小者が門扉を閉めて閂《かんぬき》をかけた。

寒九郎たちは玄関に招き入れられ、式台に腰を掛け、汚れた草鞋《わらじ》を脱いだ。どこからか、女中と下女《げじょ》たちが現われ、洗い桶を運んで来て、寒九郎たち四人の足を丁寧に洗った。濡れた足を乾いた雑巾《ぞうきん》で拭き取ると、おもむろに老女がいった。

「ご案内します」

いつの間にか、眼光鋭い老侍が一人、廊下に正座していた。油断なく、寒九郎たちに目配りをしている。老侍は左側に大刀を添えていた。

老女のあとについて、寒九郎たちは廊下を奥に進んだ。薄暗い廊下には、各所に燭台が立てられ、蠟燭の火がほのかに照らしていた。

屋敷の中は暗闇が随所に巣くっていた。

後ろから、老侍がゆったりとした足取りでついてくる。

廊下の突き当たりに座敷があった。座敷にはいくつも行灯《あんどん》が灯され、部屋の中をほのかに照らしていた。

座敷の障子戸はがらりと開けられ、枯れ山水の庭が見えた。

「こちらでお待ちください。妙徳院《みようとくいん》様がまもなく御出《おい》でになられます」

妙徳院様？

寒九郎は大曲の顔を見た。

「美雪様は、出家なさっておられます」

「さようか」

寒九郎は祖母上は祖父上が死んだと聞き、出家なさったのだろう、と推察した。

廊下を歩く衣擦れの音がした。寒九郎は両手を畳につき、平伏して祖母を迎えた。

祖母は静々と足を擦《す》らせて入って来た。白足袋《たび》が寒九郎の前で止まった。

「おまえが、鹿取寒九郎か？」

穏やかな女の声が寒九郎の頭の上でした。

「はい。それがしが、鹿取寒九郎にございます」

寒九郎が答えると同時に、白足袋が後ろに下がった。

殺気！

寒九郎は一瞬、祖母の手に長刀《なぎなた》が握られているのを見て取った。長刀が勢いよく寒九郎に振り下ろされる。

寒九郎は長刀の斬り間を見、祖母の前に膝を畳に滑《すべ》らせながら滑り込んだ。祖母は慌てず、素早く長刀の柄《つか》を手に滑らせ、長刀を短くした。今度は柄で寒九郎を突こうとした。

寒九郎は祖母の腕を下から取り、手の動きを封じた。

「祖母上様、お戯《たわむ》れを」

寒九郎は下から尼僧姿の祖母を見上げた。

尼僧の祖母は笑っていた。

「さすが、谺家の子。あなたが菊恵の子寒九郎なのですね」

祖母はにこりと頬を崩した。祖母はレラ姫に目を向けた。レラ姫は片膝立ちをし、小太刀を抜いて構えていた。

「あなたは？」

「安日皇子の娘レラにございます」

レラ姫は抜き身の小太刀を素早く背に隠した。

「咄嗟《とっさ》に寒九郎を守ろうとなさったのね。本気で寒九郎を愛しているのね」

「はい。でも、お戯れもほどほどにお願いいたします」

レラ姫は、いまにも泣きそうな顔をしていた。

「いい娘《こ》ね。寒九郎、この娘はあなたが死んだら、一緒に死ぬつもりだった。そうでしょ?」

「はい」

「寒九郎、この娘を大事にしなさい。そうでないと天罰が下りますよ」

「はい」

寒九郎はレラ姫と顔を見合わせ、うなずいた。レラ姫は、ようやく落ち着きを取り戻し、小太刀を鞘に納めた。

寒九郎は祖母美雪の顔を見上げた。母の菊恵そっくりの顔が頬笑んでいた。歳はとっているが、母菊恵と生き写しだった。

大曲兵衛は動じず、悠然と正座していた。

草間も一度は刀に手を掛けたが、また刀を背後に置いた。

老侍はじっと彫像のように動かなかった。

「はい。余興はここまで。寒九郎、よくぞ、訪ねておいでだった。菊恵から、子ども時代のあなたの自慢話をいくつも聞いていたけど、こんなに立派な青年になるとは思わなかった」

「祖母上様、初めてお目にかかれ、たいへん嬉しうございます」

「寒九郎、堅苦しいあいさつは抜きにしましょう。あなたは、わたしの孫に、間違いない。目鼻立ちが、菊恵や早苗そっくり」

「そうでございますか」

「そうよ。早苗にも息子がいるのでしょ？」

「はい。武田由比進と元次郎です」

「会いたいわね。きっと二人とも、若い時の仙之助にそっくりのいい男だと思う」

寒九郎は話の尾を摑み、祖父が亡くなった報告をした。あわせて、懐紙に包んだ祖父の喉仏を取出し、祖母に捧げた。

「ありがとう。さっそくご仏壇にお納めしましょう」

祖母は懐紙に包んだ喉仏をいとおしそうに撫で、老侍に差し出した。

老侍は膝行《しっこう》して祖母から懐紙の包みを受け取り、隣の部屋にある仏壇に持って行った。

「私は、とっくの昔に、仙之助が亡くなったと思っていました。それで出家したのです。だから、仙之助が死んだ知らせが入っても、覚悟が出来ていました。あの人は、自分のことしか考えない勝手な人。自由奔放に、自分の好きなことをして生き、そして死んだ人です。寒九郎、仙之助のようになってはいけませんよ。この姫を不幸にしてはいけません」

「はい」

寒九郎は神妙に答えた。

「ところで、その祖父が遺言として、それがしに、美雪様に会えと言い遺しました。そして、美雪様に会って、口伝の谺一刀流の奥義を授《さず》かれと」

「あら、そんなことを仙之助は言い遺したの。本当に最期まで勝手だったわねえ。谺一刀流の奥義なんか、わたし、すっかり忘れてしまったわ」

「え、お忘れになった」

寒九郎は愕然として、大曲兵衛と顔を見合わせた。大曲は首を横に振った。

「妙徳院様、お忘れにはなっていないでしょう。あなた様は、このまま谺一刀流を封印するのは惜しい。後を継ぐ孫がいたら、その孫に奥義を伝える、とおっしゃっていたではないですか」

「はいはい、そうでした。でも、私も歳なので、うろ覚えのものもありましょう。寒九郎、あなたに奥義を口伝しますが、覚悟はいいのですね」

「はい。奥義を伝授させていただきましたら、それがし、真正谺一刀流を開きたいと考えております」

「そうですね。仙之助の猢一刀流は、古いです。しかも、仙之助の邪心が入っていた。あなたは、仙之助の邪心を廃して、あなた自身の新しい猢一刀流を開いてください。真正猢一刀流、いいですね」

祖母は、大曲兵衛を見た。

「大曲兵衛、あなたも、寒九郎の猢一刀流復活に力を貸して上げるのよ」

「はい。妙徳院様、それは心得ております。きっと南部嘉門も、御意《ぎょい》に沿うことと存じます」

「では、今夜から、寒九郎もレラ姫も、大曲兵衛も、そちらに控えている若侍の……」

「草間大介と申します」

「そう。草間大介も、この邸に寝泊まりし、猢一刀流を鍛練なさい。わたしが仙之助に代わって厳しくお教えします」

「ありがとうございます」

寒九郎は、妙徳院に深々と頭を下げた。

いよいよ猢一刀流甦る！

寒九郎は心の中で、祖父仙之助に必ず真正猢一刀流を開眼させることを誓った。

時代小説

二見時代小説文庫

木霊《こだま》燃《も》ゆ　北風《きたかぜ》侍《さむらい》　寒《かん》九《く》郎《ろう》5

著者　森《もり》　詠《えい》

発行所　株式会社　二見書房
〒一〇一-八四〇五
東京都千代田区神田三崎町二-一八-一一
電話　〇三-三五一五-二三一一［営業］
〇三-三五一五-二三一三［編集］
振替　〇〇一七〇-四-二六三九

印刷　株式会社　堀内印刷所
製本　株式会社　村上製本所

落丁・乱丁本はお取り替えいたします。
定価は、カバーに表示してあります。

ISBN978-4-576-20146-7
https://www.futami.co.jp/

森詠

忘れ草秘剣帖

シリーズ

完結

①進之介密命剣
②流れ星
③孤剣、舞う
④影狩り

安政二年（一八五五）五月、開港前夜の横浜村近くの浜に、瀕死の若侍を乗せた小舟が打ち上げられた。回船問屋宮田屋に運ばれたが、頭に銃創、袈裟懸けの一刀は鎖帷子まで切断していた。宮田屋の娘らの懸命な介抱で傷は癒えたが、記憶が戻らない。そして、若侍の過去にからむ不穏な事件が始まった！

開港前夜の横浜村 剣と恋と謎の刺客。大河ロマン時代小説！